智 慧 芳 蕤

古詩文

名句賞析

招祥麒 著

聯合電子出版有限公司

自序

在茫茫書海中，每一本書都像一艘航行在歷史長河上的小舟，承載著作者的思想與情感，希冀著讀者的共鳴。而《智慧芳蕤——古詩文名句賞析》這本書，則更像一座燈塔，彙聚了古聖賢的智慧與情感之光，指明方向，幫助讀者在人生旅途中奮力前進。

編撰這樣一本書，對我來說，既是一次心靈的洗禮，也是一次對知識與文化的深入探索。在這個資訊爆炸的時代，我們被各種訊息、資料所包圍，若貪多而務得，往往容易迷惘迷失，忘記了那些能夠真正觸動我們內心、激發我們思考的經典名句。這些名句，或源自思想家的深邃思考，或是詩人巨擘在生活中的感悟與體驗，它們都以獨特的魅力，穿越時空，燭照未來。

在選取和分析名句的過程中，我時常被那些深邃的思想和獨特的見解所震撼。例如：孔子的「己所不欲，勿施於人」，說明自己不喜歡的、不想承受的事，就不要加諸別人，當人經常有這種自我克制的反省，以對待自身的行為來對待別人，便是建立人際關係的最好方法，兩句八字，簡單而深刻地揭示了人與人之間相處的基本原則，成為了人類文明的共同財富；又如杜甫的「讀書破萬卷，下筆如有神」，這不只是杜甫自述他的讀書過程與得著，更是指引著千秋萬世的讀者：能博覽群書，熟讀、參透，自然腹有詩書氣自華，當下筆寫作時，便能左右逢源，得之心而應之手。

本書是與《情契文心——古詩文經典研讀》結

為姊妹篇的。優秀的古詩文的價值，在於內容豐富、思想純正、技巧高超、筆力千鈞，更在於文字的深層裡，揭示中華文化的道德底蘊。那麼，本書從古詩文經典中所選出的名句、要句、雋句，正是精品中的精華，嗅之則芳蕤馥郁，嚼之則餘味曲包。

孔子說：「學而時習之，不亦說乎？」「學」，是兼致知和力行的，學到了知識、學到了做人的道理，就要經常溫習和實踐。本書除附錄兩篇外，結集了二十八篇闡釋名句的文章，由解讀到賞析，我最終的想法，是希望讀者能學以致用。當然，我也意識到，在傳承文化的同時，我們也應該注重創新。創新是推動文化發展的重要動力。我們應該在繼承前人智慧的基礎上，不斷探索新的思想、新的觀念、新的表達方式。只有這樣，我們才能在傳承中創新，在創新中發展，讓文化之樹常青不衰。

本書得以出版和讀者見面，自然要感謝聯合電子出版有限公司董事兼總經理周晟先生的關懷，他對中華文化充滿熱情，推廣方法適時而多樣，實在令人感動。一年前我曾為他相關公司出版的《論語》、《孟子》、《莊子》、《大學．中庸》、《歷代美文選》擔任粵語播音：朗讀／朗誦，今年粵語正音推廣協會成立二十周年，出版《文言經典繪本故事．小玥玥夢遊經典國》，我作為主編，其中詩文經典的粵語和普通話朗誦錄音，也在他的協助下完成。此外，本書編輯徐平女士等的悉心任事，提點有加，也令人佩服。

感謝施仲謀教授、莫雲漢教授、劉衛林教授對本書的推介，三位都是文言經典的專家學者，不吝為文褒揚，實所感激。當然也特別要感謝內人的支持和忍耐。

最後，我想向讀者多說一句：願你在閱讀本書的過程中，感受到智慧與情感的交融，找到那些能夠觸動內心、激發思考的名句；願這些名句成為你學海航行途中遇到的一座座燈塔，指引你前行的方向；我也希望這本書能夠成為你與那些偉大思想家、文學家之間的橋樑，讓你在中華文化的傳承與創新的一個又一個征程上，從不缺席。

招祥麒　謹誌

目

附 錄

靡不有初，鮮克有終

中華文化源遠流長，內涵深厚。古聖先賢用文字將心畫心聲表現出來，經歷史長河洗禮，依然能夠卓然而立的，自然有其不滅的光輝。或出於內容的豐富，或出於思想的純正，或出於作法的高超。這些作品被後世稱許為「經典」而具有典範性、權威性、經久不衰的特色。筆者認為，經典最關鍵的地方，是讓讀者從作品文字的深層裏，體悟中華文化的道德底蘊，從而改善氣質，美化心靈。

筆者將精選中華經典中具哲理和教化性的名句，以追本尋源式的解構導讀，希望對讀者從認知到欣賞到體悟，有所得著，並在現實生活中實踐出來。

於此，筆者選了出自《詩經．大雅．蕩》「**靡不有初，鮮克有終**」與讀者分享。「靡不」，即「無不」，或「沒有不」，以雙重否定，表示肯定，也可理解為「全是」；同樣，「鮮克」，即「少能」，也可理解為「未能」。意思是：凡事只有開始，但很少能有好的結果。

〈蕩〉這首詩，根據《毛詩．序》的說法，是召穆公（姬姓，召氏，名虎，生卒年不詳）傷痛周室大壞、周厲王（姬胡，前890- 前828）無道而寫的。詩的首章曰：「蕩蕩上帝，下民之辟。疾威上帝，其命多辟。天生烝民，其命匪諶。靡不有初，鮮克有終。」大意是：綱紀蕩然、暴虐無道的上帝，作為天下人民的君主，他發布的政令邪僻。上天生下的眾民，對他的政令不信賴。所有事情只有開始，很少能以善告終。

這句規勸做事要善始善終的話，據《左傳・宣公二年》所載，晉國大臣士季（生卒年不詳）也引用來勸諫晉靈公（姬夷皋，前 624- 前 607）。春秋時代的晉靈公，為君而不君，大徵賦稅以滿足個人奢侈生活，又在高臺上以彈弓射人，觀看行人走避以為樂，更因廚師沒有把熊掌燉熟，而加以濫殺。大臣士季進諫，靈公以「吾知所過矣，將改之」意圖推搪。士季便引述「靡不有初，鮮克有終」，規勸靈公要有始有終，堅持改過。

九月新學年開始，同學們都回校上課。新的開始自然有新的期望，人人都想革除陋習，重新振作，奮勇向前，不進步不罷休。結果，一學年過後，固然有無數的同學進步了，但依然復依然的大有人在。讀完「靡不有初，鮮克有終」之後，大家反思一下過去的行事和態度，對未能改善的，不知會否得到一些啟示？

學而時習之，不亦說乎

《論語》一書，是研究儒家最精粹最可靠的典籍，記載孔子（前 551- 前 479）應答弟子、時人及弟子之間的談論而被孔子直接或間接聽到的話。當時各弟子各有紀錄，在孔子離世後，孔門弟子將記錄的竹簡，「輯而論纂」（見班固〔32-92〕《漢書．藝文志》）而成。

《論語》共二十篇，每篇分若干章，共 15919 字。第一篇〈學而〉的第一章便記：「子曰：『學而時習之，不亦說乎？有朋自遠方來，不亦樂乎？人不知而不慍，不亦君子乎？』」孔門弟子將這句排在全書之首，不可能沒有深意。

這裏重點分析「學而時習之，不亦說乎？」「學」，效也。「效」的本義是拿著器械訓示教喻，引伸為效法、模仿。作為學生，向老師學，向古聖賢人學，效法他們如何吸取知識，模仿他們怎樣修身立德，從未知、未能，而求知、求能。「學」，在古代跟現代的內涵有差異，它是包括「學知識」和「學做人」的，朱熹（1130-1200）說「學之一字，實兼致知力行而言」，便是這個意思。

「時習」，王肅（195-256）說是「以時誦習」，朱熹指「學而又時時習之」，二人對「時」的解釋有不同，王肅意指「在適當、一定的時候」，朱熹意指時時、經常。「習」，依《說文》是「數飛也」，指雀鳥學飛而不斷展翅，引伸到「溫習」、「實習」、「演習」的意思。依王肅的說法，好比〈學記〉所說的「學不躐等」，小孩成長，開始時先學爬，再學步行，再學跑步，斷不能「未學行而先學跑的」；又如學寫舊詩，便須先從格律平仄入手，由古體而近體，由五言而七言，當今很多寫作舊詩的人士，便因入門躐等，反足窒礙進步。依朱熹的說法，我們在課堂上學得的，時間一久，便會遺忘，所以為求深層記憶，求熟求巧，便須多次溫習。

知識道理，屬理論層面的，必然要「知而後行」，從「行」中印證「知」的真確，進而向他人演示、示範。同時，避免忘記所學，經常反覆沉潛，以求溫故知新。後儒解釋「時習」，多在王說和朱說上發揮詰難，殊不知兩說在不同層次上皆可，甚且並行不悖的。

能不忘記所學，更能將所學實踐，這種由不知而知，由不能而能的過程，自然使學者產生成功感而促使持續努力發憤，其中樂趣便悠然產生了。「不亦說乎？」「說」，音義跟「悅」字相同，悅懌、快樂的意思。孔子以反問的語氣說「不也快樂嗎」，表示「真是快樂」的意思。

孔子畢生「學不厭，教不倦」，注重修養，對自己要求嚴格，對弟子的要求也在一個「學」字。顏回（字子淵，前 521–前 481）按照孔子的教導「非禮勿視，非禮勿聽，非禮勿言，非禮勿動」，切實地「克己復禮」，雖然生活艱苦，「一簞食，一瓢飲，在陋巷」，其他人都難以忍受，顏回卻能夠「不改其樂」，這便是「學而時習之，不亦說乎」的最佳例證了。

君子喻於義，小人喻於利

南宋孝宗（趙昚，1127-1194）淳熙二年（1175 年），大儒呂祖謙（1137-1181）想調和朱熹（1130-1200）與陸九淵（1130-1193）兩大學派的異同，邀請他們在江西鵝湖寺進行一場理學與心學之間的學術辯論，史稱「鵝湖之會」。在百多名學者、官員的旁聽下，朱熹與陸九齡（1132-1180）、九淵兄弟辯論三日，難分難解，誰也說服不了誰。

六年之後的春天，朱熹邀請陸九淵到他的白鹿洞書院講學。陸九淵毫無芥蒂接受邀請，以《論語・里仁篇》孔子（前551- 前 479）說的「君子喻於義，小人喻於利」發論。據說當日「聽者如堵」，陸氏說得痛快時，座中至有流涕者，朱熹也深為感動，時「天氣微冷，而汗出揮扇」。朱熹甚至請陸九淵「筆之於簡，而受藏之」，並為這篇〈白鹿洞書堂講義〉作了跋，刻之於石。我們今天還可在《朱子全書》和《象山集》讀到陸九淵的講義和朱熹的跋，體會古人的風尚和胸襟。

在《論語》中，我們看到孔子打破了社會上、政治上的階級限制，把傳統的階級上君子（在位者）、小人（平民）的分別，轉化為品德上君子（有德者）、小人（一般人）的分別，因而使君子、小人，可由一個人的努力而決定，使君子成為每個人努力向上的標誌。孔子「君子喻於義，小人喻於利」的話就是從義、利的角度來區分君子和小人。

「喻」，曉也，即明白、懂得的意思，有學者引申作「聯想」

解，則兩句的大意是：君子（做任何事），總聯想到仁義，小人（做任何事）總聯想到財利。

「義」和「利」固然是相對的，它們之間如何劃分？劃分的標準和尺度是什麼？君子為了「義」，真的不求「利」嗎？普通的百姓眼中就只有「利」而沒有「義」嗎？一大串的倫理問題值得思考。其實，正確的理解應該是：做人要重義但毋須排除利，孔子反對的是「見利而忘義」而已！孔子說過「君子有九思」（九思指九個方面的考慮），最後是「見得思義」，意思是：見到利益能夠想到義，是君子的行為；那麼，見利而不顧義，便是小人的行為了。

話說回來，為甚麼陸九淵的演講會令眾人感動，流涕出汗呢？因為君子一動念便向義，小人一動念便向利。這種情況是自然而然表現出來的，人若不自我觀省，用心一歪，便不自覺地日漸沉淪，陸九淵教人「辨志」，就是教人在學習過程中自我檢討，不要歪離正道。

君子坦蕩蕩，小人長戚戚

儒家的道統說，最早源於孟子（前 372- 前 289），其後韓愈（768-824）在〈原道〉中明確指出：「堯以是傳之舜，舜以是傳之禹，禹以是傳之湯。湯以是傳之文武周公，文武周公傳之孔子，孔子傳之孟軻。」孔子（前 551- 前 479）既是先聖道統的繼承、傳送者，同時更是集大成者。孔子的偉大，就是用其一生工夫之所至，將前世（特別是西周以來）的名詞和觀念予以擴大、深化和純化，一方面對當時所處的時代提出改良的建議，另一方面，純然從哲理的角度為後世訂立標準。

其中「君子」、「小人」就是一例。孔子之前，「君子」、「小人」是指社會階級的分別，前者指在上位的貴族，後者指平民百姓。孔子將之轉化成道德的分野，前者指有道德修養的人，後者指普通人甚或品格低劣者。孔子的新詮釋，使「君子」成為所有人努力的目標。《論語．述而》的其中一章，記述了孔子論君子和小人的不同，原文是：「子曰：『君子坦蕩蕩，小人長戚戚。』」孔子在這裏是從「心術」的角度以分別「君子」和「小人」。邢昺（932-1010）《論語注疏》曰：「坦蕩蕩，寬廣貌。長戚戚，多憂懼也。君子內省不疚，故心貌坦蕩蕩然寬廣也。小人好為咎過，故多憂懼。」

社會上品流複雜，有君子，也有小人，我們想知哪人是君子，哪人是小人，外表是無法分別的。孔子教我們，當內察其心術，而外觀其氣象。因為有諸內而形諸外，有些人會矯飾，但仔細觀察下，是無所遁形的。

有道德修養的人，循天理而行，心無所累，隨所遇而安，仰不愧，俯不怍，寬舒自得。孔子以「坦蕩蕩」形容君子的心境，明儒杜靜臺（生卒年不詳）說得好：「謂之坦蕩蕩，真如行於平原曠野之地，泛於汪洋千頃之波，更無崎嶇礙足，淺澀閣舟所在。」至於與君子相對的小人，心役於物，做事患得患失；想得而未得時，心裏迷惘，既得後，又恐不能久享，如此，怎會不處於經常憂慮恐懼之中？

進一步說，君子真的沒有「憂愁」嗎？當然有：君子「患所以立」，連孔子也憂慮自己「德之不修，學之不講，聞義不能徙，不善不能改」。君子通過內省，然後達至「仁者不憂」的境界。

「君子坦蕩蕩，小人長戚戚」一句話，包含內省、觀人之理。原來從人的氣象可以知其心術，知其心術可以定其人品。君子、小人之分，就在這細微的地方而可辨別出來。那麼，我們將如何自處？

己所不欲，勿施於人

《論語．顏淵》中記載冉雍（字仲弓，前 522？－？）向孔子（前 551－前 479）詢問甚麼是「仁」，孔子回答：「出門如見大賓，使民如承大祭；己所不欲，勿施於人；在邦無怨，在家無怨。」出門辦事好像接待貴賓，役使民眾好像進行重大祭典，這是「敬」；自己所不想做的事，就不要強加給別人，這是「恕」；一個人做事和待人能「主敬」和「行恕」，不論在諸侯國做事，抑在卿大夫封邑做事，都不被抱怨了。

上面所說「見大賓」和「承大祭」，自然聯想到「敬」，但「己所不欲，勿施於人」，何以聯想到「恕」呢？《論語．衛靈公》記：「子貢問曰：『有一言而可以終身行之者乎？』子曰：『其恕乎！己所不欲，勿施於人。』」子貢（前 520－前 456）是孔門十哲之一，是言語科的高材生，善於辭令，辦事通達，更是經商的能手，孔子曾稱讚他是「瑚璉之器」，可以擔當大任。古人說，善學不如善問，子貢向孔子提到最重要的人生問題，他希望孔子以最精簡的「一言」，歸納出人可以終身奉行信守的。所謂「一言」，不是一句，而是一個字。

孔子心目中最高的道德標準是一個「仁」字。「仁」涵攝各種美德，從簡易的標準而言，只要你想追求「仁」，「仁」就出現在你的面前；但從最高的標準而言，孔子也謙稱自己未能做到「仁人」的境界。德行最好的學生顏回（字子淵，前 521－前 481）也只能「三月不違仁」，其他的學生也只能堅持十天半個月而已。子貢當然知道孔子的至高信念，所以也曾向孔子詢問「為仁」（實踐仁的具體行動），孔子的回應是：「工欲善其事，必先利其器。居是邦也，事其大夫之賢者，友其士之仁者。」意思是：工人要做好工，必先磨好工具。生活在那裏，就要追隨那裏的品德高尚的領導，結交那裏的仁義之士。孔子對學生是因材施教，因勢利導的，回應「一言」的詢問，他拈出一個「恕」字。

另一位孔子的高徒曾參（前 505- 前 436？）曾經向同門師弟解釋說：「夫子之道，忠恕而已矣。」也就是說，孔子一以貫之的「仁」，其內涵就是「忠」和「恕」兩個字。「忠」是指一個人的無限向上心與責任感，這是「體」（內在本質），「恕」，就是「己所不欲，勿施於人」的「用」（外在表現），從曾參的理解，忠恕體用並存，就是「仁」的境界。

《論語．憲問》載：「子貢方人。子曰：『賜也賢乎哉？夫我則不暇。』」「方人」，指批評，甚至毀謗別人。可見，聰明能幹的人有時由於過份自信而流於輕視甚而鄙屑他人，孔子對子貢提出一個「恕」字，讓子貢終身奉行信守，確是深存意義的。「恕」的精髓在「推己及人」，自己不喜歡的、不想承受的事，就不要加諸別人。當人經常有這種自我克制的反省，以對待自身的行為來對待別人，便是建立人際關係的最好方法。倘若自己所討厭的事物，硬推給別人，不僅會破壞彼此的關係，也會將事情弄僵甚而不可收拾。

智者自知，仁者自愛

「智者自知，仁者自愛」，是孔子（前 551–前 479）的高徒顏回（字子淵，前 521–前 481）所講的一句名句，出自《孔子家語‧三恕第九》，又見於《荀子‧子道》。

據《孔子家語》與《荀子》記載，孔子曾向三名學生子路（前 542–前 480）、子貢（前 520–前 456）及顏回提出同一問題：「智者若何？仁者若何？」即有智慧的人、有仁德的人，到底應有何表現？結果，子路答道：「智者使人知己，仁者使人愛己。」認為智者能夠令人理解他，仁者則令人愛護他，孔子表示能夠這樣做的人，可以說是「士」（讀書人）了；子貢答道：「智者知人，仁者愛人。」認為智者能夠了解他人，仁者能夠愛護他人，孔子表示能夠這樣做的人，可以說是「士君子」（有學問而又品德高尚的人）了；顏回答道：「智者自知，仁者自愛。」認為智者能夠了解自己，仁者能夠愛惜自己，孔子表示能夠這樣做的人，可以說是「明君子」（賢明的君子）了。從孔子的反應，當然是最贊許顏回的答案。

為甚麼孔子認為「自知自愛」最重要呢？因為儒家認為，自天子以至於庶人，都應以修身為本，唯有做好個人本分，才能循序漸進去推己及人，使天下「止於至善」。《論語》中記載孔子說「君子求諸己」、「為仁由己」、「脩己以敬」、「脩己以安人」、「己所不欲，勿施於人」、「己欲立而立人，己欲達而達人」，一再強調君子必先做好自身，懂得自愛、自知、自律、自重，然後才可以將心比心，推己及人，懂得知人、愛人、助人。

按理，子路和子貢的回答，不是比顏回更進一步嗎？為甚麼孔子卻特別欣賞顏回？

子路比孔子少九歲，在孔門四科（德行、言語、政事、文學）中，是「政事科」的高材生，為人真率勇敢、行事果決，但有時流於急躁。孔子明知子路當時是做不到「使人知己」、「使人愛己」的，但卻可作為「士」的奮鬥目標，所以作此勉勵。

子貢則少於孔子三十一歲，最為富有，是「言語科」的高材生，孔子曾稱讚他是「璉瑚之器」，即可列於廟堂之上的人才。由於子貢太聰明，便容易產生喜歡批評、輕視他人的陋習，有失於恕道。在認知上，他回應孔子的說話當然沒有問題，但孔子從「因材施教」的理念上，便只能許以「士君子」，希望他進一步努力。

顏回少於孔子三十歲，其德行是孔門弟子之首。孔子曾經說：「回也，其心三月不違仁；其餘則日月至焉而已矣。」（《論語・雍也》）只有顏回的心可以長久地不離開仁德，其餘的學生只是偶爾想到罷了！顏回安貧樂道，「一簞食，一瓢飲，在陋巷，人不堪其憂，回也不改其樂」（《論語・雍也》），孔子視他為自己的傳承者，可惜不幸於四十一歲早死。由於顏回平素能表現出「自知」、「自愛」而深得聖心，獲許為「明君子」，實在是有道理的。

老吾老，以及人之老；幼吾幼，以及人之幼

孟子（前 372- 前 289），名軻，是東周後期戰國時代儒家思想的代表人物，繼孔子（前 551- 前 479）之後，被尊為「亞聖」。當其時，社會紛亂，孟子曾仿效孔子，帶領門徒周遊列國，遊說諸侯，但是不被接受，於是退隱與弟子一起著述。有《孟子》七篇傳世，篇目為：〈梁惠王〉、〈公孫丑〉、〈滕文公〉、〈離婁〉、〈萬章〉、〈告子〉、〈盡心〉，各篇再分上、下，即共十四篇。

在〈梁惠王上〉，孟子遊說齊宣王（約前 350- 前 301）放棄霸道，施行仁政。其中便談到「**老吾老，以及人之老；幼吾幼，以及人之幼**」這名句。

「老吾老，以及人之老」，出現三個「老」字，第一個「老」字，作動詞用，解尊敬、孝養的意思；第二和第三個「老」字，意義相同，屬名詞，指老人、長輩。整句是說：「尊敬自己的父母長輩，推廣到尊敬其他人的父母長輩。」「幼吾幼，以及人之幼」，同樣出現三個「幼」字，第一個「幼」字，作動詞，解撫養、愛護的意思；第二和第三個「幼」字，作名詞，指子女、小輩。整句是說：「愛護自家的孩子，推廣到愛護別家的孩子。」

這種將愛心推廣的思想，正正是儒家思想的精粹。平實、人人可以做得到。我們親愛自己的長輩，是很自然的事，都是真情流露。到了這份感情已經隨心而發了，也懂得怎樣尊重和關心長輩了。當你見到其他老人家需要幫忙，你會這樣想：如果我父母需要別人幫忙時，有人能夠幫助他們，那就太好了。這一刻，你會主動去幫忙、關懷其他老人家。因為你懂得設身處地為他人著想，有著將心比己的同理心。

有一天，你也會成為別人的長輩，成為別人的父母，或者祖父母。你疼愛你的子女，你希望他們快樂，得到照顧和關懷。你慢慢學曉了怎樣去愛護孩子。這一刻，當你見到別人的孩子失去了愛，得不到照護，你會挺身而出，主動幫忙。因為你懂得設身處地為一個素不相識的孩子著想，有著痌瘝在抱的同理心。

2018 年，我擔任香港直接資助學校議會主席的時候，帶領一個校長、老師團到敦煌交流考察，其間到過一所開辦只幾年的敦煌市北街小學交流，參觀校園和觀課後，大為歡喜。教師的教學水平和熱誠與我曾到過的北京、上海等名校不遑多讓。我問劉校長何以有此成績，他說該校學生都來自附近，也有偏僻山區的孩子，「教師也都是敦煌人，教的就是他們自己的子女和鄰居的子女。」劉校長說條件好的教師都往大城市闖，留下的可說是二線的，但他激勵教師：「你願意將最寶貴的子女交託『二線』嗎？只有自己努力教好學生，你的子女也一起受惠。」於是，學校洋溢著愛與生氣，一日比一日進步。這就是「幼吾幼，以及人之幼」得到的效果。

我們明白，有些事我們是無能為力的，比如新冠病毒大流行，我們說要一個月內消滅病毒，這是科學家也無能為力的，更何況是普通人，又例如我們說要像螞蟻一樣，舉起超過自身體重幾倍、幾十倍、以至幾百倍的物件，將來我不敢說，但現在是絕不可能的。然而有些事我們卻可輕易做到的，就好像要愛護和珍惜家人，並推廣這種愛心。如果說「做不到」，就只是不去做的藉口而已。

孟子說話的重點，是向齊宣王指明「推己及人」的治國理念：從個人在「家庭」中的孝慈，推廣到「社會」。能如此，便「天下可運於掌」了。這番哲理，應用到今天，還是極有意義和值得參考的。

愛人者，人恆愛之；敬人者，人恆敬之

《孟子·離婁下》記載一段孟子（前 372– 前 289）講論君子與一般人不同之處的話：「君子所以異於人者，以其存心也。君子以仁存心，以禮存心。仁者愛人，有禮者敬人。愛人者，人恆愛之；敬人者，人恆敬之。」孟子認為君子與一般人的不同在於他的心中經常保存「仁」和「禮」的美德。由於內心存「仁」，所以能愛他人；由於內心存「禮」，所以能尊敬別人。當一個人以怎樣的方式對待別人，別人便會以同樣的方式回報你。你能愛人，別人也會愛你；你能敬人，別人也會敬你。

既然如此，孟子為甚麼不說「愛人者，人愛之；敬人者，人敬之」而在「人愛之」和「人敬之」之間加一個「恆」字呢？「恆」指常常、經常的意思。孟子理解現實會出現各種各樣的情況，當你愛人、敬人，但對方卻蠻橫無理地反加於你，怎麼辦？孟子的主張是，作為君子，首先反省自己，是否對人不仁了，失禮了。反省之後，覺得自己是仁愛的、有禮的，而對方仍然蠻橫無理，君子一定會再反省。再反省之後，確信自己沒有錯，對方仍然如此，君子就會認為，這樣的人不過是狂妄者，和禽獸沒有什麼區別。既然如此，作為君子，和禽獸有甚麼好計較的呢！

我們必須明白：君子能愛人，必先自愛；能敬人，必先自敬。由自愛、自敬開始，推而及於他人，這是一種既「忠」且「恕」的行為。「忠」，是一種高度的責任感與向上心，對自己作出的無限要求；「恕」是一種「己所不欲，勿施於人」的寬大襟懷。對自己的無限要求，使君子無時無刻不自我警惕和反省，憂心做得不夠好；而以寬大的心對待別人，別人對你自然不生怨恨。所以孟子說「是故君子有終身之憂，無一朝之患也」就是這個意思。宋代張九成（1092-1159）《孟子傳》評說，孟子的言論是傳承曾子「忠恕之學」的，筆者甚是同意。

現實生活中，人與人相處，你愛人，也會被人愛；你敬人，也會被人敬。在「愛」和「敬」的情境下，你會得著快樂。個人如是，在上位的領導人物，亦如是。孟子告訴齊宣王（約前 350- 前 301）：「君之視臣如手足，則臣視君如腹心；君之視臣如犬馬，則臣視君如國人；君之視臣如土芥，則臣視君如寇讎。」（《孟子．離婁下》）為官的，擔當公務公職的，為尊為長的，所愛所敬，所憂所樂，細味孟子的說話當有很大的啟發。

記得 2017 年香港回歸廿載，習近平主席蒞港視察，對政府高官提出「為官避事平生恥」的訓勉，與其說是借用元好問（1190-1257）「當官避事平生恥，視死如歸社稷心」（四哀詩．李欽叔）或曾國藩（1811-1872）「以苟活為羞，以避事為恥」（《治心經．誠心篇》）的話，倒不如說，是直承孟子的理論精神更為確切。

親親而仁民，仁民而愛物

史家從政治社會的變化，將東周時代分作兩期，前期稱春秋時代，後期稱戰國時代。孔子（前 551- 前 479）生於春秋時代，而繼孔子之後儒家最重要的代表人物——孟子（前 372- 前 289）則生於戰國時代。戰國時代，周天子已完全失去統治者的作用，地位連諸侯都不如。諸候間亦無復霸主以維持秩序，天下大亂，社會動蕩不安。

孟子曾仿效孔子，帶領門徒周遊列國，遊說諸侯推行仁政，但是不被接受，於是退隱與弟子一起著述。有《孟子》七篇傳世，篇目為：〈梁惠王〉、〈公孫丑〉、〈滕文公〉、〈離婁〉、〈萬章〉、〈告子〉、〈盡心〉，各篇再分上、下，即共十四篇。

在〈盡心上〉，孟子提出「**親親而仁民，仁民而愛物**」這名句，說出了我們對親人、一般人和天地萬物的應有態度。「親親而仁民」，連續兩個「親」字，第一個「親」字，作動詞，解作「愛」的意思；第二個「親」字，作名詞，指親人。「仁民」的「仁」，作動詞用，指以仁厚之心待人。全句的意思是：我們親愛自己的親人，仁厚地對待其他人，並且推而廣之，愛護天地萬物。

當其時，百家爭鳴，各家都提出自己的思想，各是其是。而楊朱（約前 440- 約前 360）和墨翟（前 468？－前 376）的主張，廣受歡迎。墨翟提出「兼愛」，認為「愛」無差等；楊朱宣傳「為我」，屬極度個人主義，「拔一毛而利天下，不為也」。

孟子批評：「楊朱、墨翟之言盈天下，天下之言不歸楊，則歸墨。楊氏為我，是無君也，墨氏兼愛，是無父也。無父無君，是禽獸也。」孟子斥楊朱一味為自己著想，結果會造成國家民族受損；墨翟卻走另一極端，表示「愛無差等」，這種觀念表面看很偉大，結果卻會造成置父母於不顧。孟子提倡的「愛」，是有差等的，由親而及疏。

如果問，何以我們對「親」，對「人」和對「物」有差等，不可以一律施以同等的愛嗎？理由很簡單，假設在戰亂中，食物奇缺，所有人都捱饑抵餓。你找到一碗飯回家，你自然會讓父母先吃而不會平分與左鄰右里；我們愛惜萬物，但會砍伐樹木來建屋、製造家具，也會取殺禽獸而食。孟子在「愛」的行為上，用一「義」字作判斷衡量，最具人性化，讓每個人都能做到。

我們先以最殷切的情意親愛自己的家人親戚，因為他們對我們有養育之恩，或者陪着我們一起成長。這份關係以永恆不變的血緣為紐帶，既貫徹一生，又有具體的生活情境做基礎，最容易實踐仁愛。然後再將這份仁愛之心推廣至其他人，以至有生命和無生命的萬物。

宋代理學家張載（1020-1077）說：「民吾同胞，物吾與也。」（〈西銘〉）這正好與孟子的話互相呼應。如果我們能夠把社會上所有人都視作兄弟姊妹，把天地萬物都視作我們在生態環境裏的伙伴，就能以惻隱、同理之心相待，將仁愛之心推廣。寵物是人類的朋友，許多動植物都是我們生活上的重要支援，而所有現存的生物和環境都是生態平衡的成員……一山一水、一禽一獸、一草一木，以及空氣質素、太空環境，對我們的物質生活和心靈生活都有深遠的影響，值得我們好好愛護，好好珍惜，不要破壞，不要糟蹋，不要浪費。

讀完「親親而仁民，仁民而愛物」孟子這句名句，環顧我們的親人、周遭的伙伴、共同生活的人類和地球這個大家庭，不妨問問自己：我們承受了多少恩典？如果要感恩圖報，我們可以做些甚麼？

樹德莫如滋，去疾莫如盡

「樹德莫如滋，去疾莫如盡」出自《左傳．哀公元年》，是春秋末吳國大夫伍員（前 559– 前 484）勸說吳王夫差（？– 前 473）的話，意思是：樹立品德，莫如日積月累，使它不斷滋長；治療疾病，莫如徹底消除，不留下任何病根。

伍員，字子胥，楚國人。其父伍奢（？– 前 522）為楚平王（羋姓，熊氏，名棄疾，？– 前 516）太子太傅，因被讒，與長子伍尚（約前 550– 前 522）同遭殺害，伍員逃到吳國，成為重臣。公元前 506 年，伍員聯同孫武（前 544– 前 470 或前 496）帶兵攻入楚都，為報父兄之仇，掘開楚平王墓，挖出屍體，鞭屍三百。吳王闔閭（約前 537– 前 496）得其幫助，西破強楚，北敗徐、魯、齊等國，稱霸一時。

公元前 496 年，闔閭與越王勾踐（？– 前 464）在檇李大戰，被箭傷足而不治，死前囑附其子夫差，勿忘殺父之仇，並託伍員輔佐少君。兩年後，吳王夫差在夫椒打敗了越軍，乘勢攻打越國。越王帶着披甲持盾的士兵五千人在會稽山踞守，派大夫文種（？– 前 472）通過吳國太宰嚭（？– 前 473？）求和。夫差打算答應越國的請求。

當時，伍員提出反對，說出了「樹德莫如滋，去疾莫如盡」的話，並引歷史為證，指出從前有過國的國君澆（生卒年不詳）殺了斟灌（生卒年不詳）而攻打斟鄩，滅亡了夏后相（生卒年不詳），夏后相的妻子緡（生卒年不詳）正懷着孕，從城牆的小洞逃出，回到娘家有仍國，生了少康（生卒年不詳）。少康後來在有仍做了管理畜牧的官，對澆滿懷仇恨而能警惕戒備。澆派椒（生卒年不詳）尋找少康，少康逃奔到有虞國，做了那裏掌管庖廚的官，避過澆的殺害。有虞國的國君虞思（生卒年不詳）其後把兩個女兒嫁給了他，封他在綸邑，擁有方圓十里的土田和五百人的兵力。少康能廣施恩德，並開始實施復國計劃，他收集夏朝的餘部，安撫官員，派遣女艾（生卒年不詳）到澆那裏做間諜，派季杼（生卒年不詳）引誘澆的弟弟——戈國國君豷（生卒年不詳）。這樣就滅亡了過國、戈國，復興了夏禹的事業。

伍員續指，當前吳國不如過國，而越國大於少康，上天也許將會使越國壯大，如果允許講和，便是吳國的災難。而且，勾踐能夠親近別人而注意施行恩惠，施捨皆各得其人，對有功勞的人從不拋棄。越國和吳國土地相連，世世代代皆是仇敵。在這種情況下如果吳國戰勝越國而不滅亡它，又準備保存下去，這是違背了天意而助長了仇敵，以後即使懊悔，也來不及消除禍患了。

伍員借鑒歷史，洞悉先機，分析吳越兩國邊境相接、彼強則我弱的形勢，若吳國接受越王請和，不一舉殲滅越國，則無異放虎歸山，遺患無窮。

可惜吳王不聽，接受和約。之後越王忍辱負重，臥薪嘗膽，「十年生聚，十年教訓」，最終在二十年後滅吳。

歷史就如一面鏡子。前事不忘，後事之師。今天國際情勢波譎雲湧，香港成為美英等國壓制中國的棋子，凶險萬分。經歷多年政局的不穩定，中央終於出手重申愛國者治港，維護一國兩制下的行穩致遠與長治久安，制定港區國安法，並完善行政長官和立法會的選舉制度，其實就是印證「樹德莫如滋，去疾莫如盡」的例子。

禮禁於未然之前，法施已然之後

《大戴禮記．禮察第四十六》有一段深刻的說話：「**凡人之知，能見已然，不能見將然。禮者，禁於將然之前；而法者，禁於已然之後。是故法之用易見，而禮之所為生難知也。**」司馬遷（前145？－？）《史記．太史公自序》和班固（32–92）《漢書．賈誼傳》都有類似的說法。文句的大意是：一般人的智慧，能看到已經發生的事情，但不能看到將要發生的事情。「禮」的教化，就能避免不該發生的惡事；而「刑法」的懲處，則是避免相同的惡事一而再地發生！因此，刑法的功用很容易見到，而禮教所能產生的作用卻難以知曉。

孔子（前551–前479）親歷禮樂分崩離析的時代，使他不由得思念周公（姬旦，？－前1105），想恢復周禮，以期救弊起衰。周公「制禮作樂」，有系統地確定一套政治、典章、規矩、儀節等制度，並以之作為治國的準則，這套制度準則，使周的國祚維持近八百年。《禮記．樂記》說：「樂者為同，禮者為異。同則相親，異則相敬。」一隊樂隊，可以有不同人種，不同國族，不同語言的人走在一起；面對奏樂，不同背景的人也可同歌共舞，原來「音樂」本身就具備「同化」的功能。至於人際間，有說不盡的差異，譬如參加一個宴會，有來自政商界的，有來自文化教育界的，有來自宗教勞工界的，背景不同，身份各異，而「禮」卻能居中調節，使每人都尊重對方的不同，進而容納對方，求同存異。「禮樂」，就在此取得同而得和，異而相敬的效果。

社會越是發展，人口繁衍越多，人與人的競爭激烈，欲望以名利為先，爾虞我詐，傳統的禮制不足以導眾，上位者為了方便統治，遂編制「法典」，指明如不遵守者的罪狀與罰則。老百姓為免陷入法網，自然不敢違法。由古及今，法律都是成文的東西，撰寫及其修訂無論如何仔細、繁複，也不能盡錄或預知未來。例如：「子女頂撞甚而辱罵父母」、「當街當眾粗言穢語」、「人際間的言語欺凌」、「所謂合法避稅」、「遊走於法律空隙」、「以不義為義，我即法律」等等，法律上有條文可作出控告嗎？

孔子主張德治、禮治：「道之以政，齊之以刑，民免而無恥。道之以德，齊之以禮，有恥有格。」（《論語‧為政第二》）孔子認為，用行政命令治理百姓，用刑法來制約百姓，只能使老百姓勉強克制自己避免犯罪，而不懂得犯罪的恥辱；相反，如果用德來治理，用禮來約束百姓，則會使百姓懂得做壞事可恥，並且知道自覺地去糾正錯誤。

在此，筆者無意為「禮治」和「法治」作優劣高下比較，社會發展像河水的奔流，順其勢可利導，逆其勢而難為。當今世界崇尚法治，我們正好在「法治」的基礎上大力宣揚和推行禮教，以彌補法治之不足。由幼稚園以至大學，均著重施以「道之以禮，齊之以德」的教育，自然為社會培育出「知禮守法」的公民，而此，正是社會長治久安，行穩致遠的關鍵。

敖不可長，欲不可從，志不可滿，樂不可極

《禮記．曲禮上》有一句話從四方面教人修身的道理，贏得北宋蘇東坡（1037–1100）非常敬重的、曾於神宗（趙頊，1048–1085）時擔任參知政事（副宰相）的張方平（1007–1091）以之為「四箴」，用以克己自勉。這句話是：「**敖不可長，欲不可從，志不可滿，樂不可極。**」

《禮記》被稱為「十三經」之一，是研究儒家思想的重要經典。《禮記》的作者不止一人，寫作時間也有先有後，據《漢書．藝文志》說：「《記》百三十一篇，七十子後學所記也。」其書原意是解說禮制和行為儀節的道理。西漢設立「五經博士」，傳「禮」者有戴德和戴聖兩叔侄，戴德所傳者稱《大戴禮》，戴聖所傳者稱《小戴禮》。《小戴禮》即現今通行的《禮記》，共四十九篇，約九萬字。其中〈曲禮〉、〈檀弓〉、〈雜記〉由於篇幅長，各分上、下兩篇。〈曲禮上〉是全書的第一篇。

「**敖不可長**」的「敖」和「長」，漢魏學者如馬融（70–166）、鄭玄（127–200）、王肅（195–256）等都認為「敖」，即「遨」，遊也；「長」，長久也。意思是：遊玩不可太久。但到了唐代孔穎達以後，一般都認為「敖」通「傲」，指傲氣、傲慢之心，而「長」則讀作「掌」（zoeng2），生長、滋長之意。句意是「傲氣不可滋長」。當一個人心生傲慢，做學生，就不能虛心受教；出來做事，就容易剛愎自用，頑固不肯接受別人的意見了。

「**欲不可從**」的「欲」，指私欲，「從」，通「縱」，放縱的意思。我們身體四肢百骸，每個器官都有所求：眼喜歡看到美麗的東西，耳喜歡聽優美的聲音，但如不合理地追求，結果是可怕的。「飲食男女，人之大欲」，要自我克制不使逾禮才是，若然放縱妄為，便容易流於「玩物喪志」了。

「**志不可滿**」的「滿」，作「驕傲」解。《尚書・大禹謨》說：「滿招損，謙受益。」俗語也說：「勝利沖昏頭腦。」當一個人沉醉於一點小成就時，就會不思進取，畫地自限。諸葛亮（181–234）〈誡外甥書〉說：「夫志當存高遠。」〈誡子書〉又說：「非淡泊無以明志，非寧靜無以致遠。」為學者，當細細品味反思。

「**樂不可極**」的「極」，指「盡」、「達到頂點」。人在生活中，固然追求快樂，但是無數的例子說明「樂極」是會「生悲」的。朋友間相聚聊天，本是人生樂事，有因飲酒遣興而致亂性妄為的，有因言語磨擦一言相左而致反目成仇的，有貪玩忘形不顧安全而致傷己害人的，甚至有將一己之樂而加諸別人痛苦。很多欺凌事件都是在「樂極」而不知自制下發生的，不可不慎。

上述四者的道理，既可分說，其實是環環相扣的，其間蘊含著凡事無過無不及的「中庸之道」。夏桀（生卒年不詳）貪圖女色，驕奢淫逸，不思進取，內憂外患而不顧；商紂（？－前1046？）亦沉湎於酒池肉林，縱欲而不自制，更殘害忠臣。據說夏桀文武全才，商紂天資聰穎，終至國亡身死，為天下笑，實在可惜可嘆。今天我們環顧天下，盱衡大勢，又或躬自反思，看看有否犯上「傲長」、「欲縱」、「志滿」和「樂極」的毛病，有則改之，無則加勉，則幸甚矣！

君子之愛人也以德，細人之愛人也以姑息

《禮記・檀弓上》記載了一個關於孔子（前551–前479）學生曾參（前505–前436？）臨死前的一幕，原文是：

> 曾子寢疾，病。樂正子春坐於床下，曾元、曾申坐於足，童子隅坐而執燭。童子曰：「華而睆。大夫之簀與？」子春曰：「止！」曾子聞之。瞿然曰：「呼！」曰：「華而睆，大夫之簀與？」曾子曰：「然。斯季孫之賜也。我未之能易也。元，起易簀。」曾元曰：「夫子之病革矣，不可以變，幸而至於旦，請敬易之。」曾子曰：「爾之愛我也不如彼。君子之愛人也以德，細人之愛人也以姑息。吾何求哉？吾得正而斃焉斯已矣。」舉扶而易之，反席未安而沒。

這一幕發人深省，大意是：曾子病重臥床，在房間內有他的弟子樂正子春，兩個兒子曾元（生卒年不詳）和曾申（生卒年不詳），還有一童僕坐在一角手拿蠟燭。童僕發現曾子的臥蓆又美麗又光潔，衝口而問是否大夫用的蓆！子春即時制止，可是曾子已聽到了，驚懼地叫了一聲。童僕不知就裏，再問那華美而光潔的蓆，是否大夫用的蓆。曾子表示同意，說蓆是季孫送的，他來不及更換，隨即吩咐曾元扶他起來換蓆。曾元表示曾子的病非常嚴重，不能移動，幸運地到了明早，才遵從意思換蓆。曾子指兒子愛他不如童僕，「君子之愛人也以德；細人之愛人也以姑息」，指君子會按照道德標準去愛護人，小人（這裏指不明達事理的人）愛人只會沒有原則地遷就。他表示沒有任何要求，只望能得到正道而死去，也就足夠。結果，曾元扶著、抬起曾子更換竹蓆，曾子還沒躺好便死了。

大家可能認為曾子太過拘執於禮，不肯變通。殊不知一些最可貴的人生價值，卻在曾子這類人的堅持下得以發揚和保存下來。禮，從最基本的用來實踐的儀節，逐漸形成分別尊卑等級的體制，此等禮的儀節和體制，都可隨不同的時代而增益刪減變化的，但是禮之所以為禮的精神，卻成為人內在的道德，合禮者，即是合乎天理，可無限超越，突破時空，在廣漠的橫性空間與久遠的縱性時間裏，都可適用，所以禮又可訓為理。

《論語．里仁》記孔子說：「君子無終食之間違仁，造次必於是，顛沛必於是。」禮的本質就是仁，君子連一頓飯的工夫都不會違離仁德，倉卒時如是，遭遇挫折時也如是。曾子在生死之際仍然堅守禮，這個「禮」，就不應僅僅看成士與大夫間的禮儀制度問題，而是他內心出現一種不能自已、不顧生死而自覺堅持的德性，也就是「克己復禮為仁」的完全體現，值得讀者認真思考。

善歌者，使人繼其聲；善教者，使人繼其志

《禮記》被稱為「十三經」之一，是研究儒家思想的重要經典。現今通行的《禮記》，共四十九篇，第十八篇〈學記〉是我國古代最早的、體系較為嚴整的教師必讀的文獻，當中的教育經驗和理論，至今還有很高的參考價值。

〈學記〉中一句：「**善歌者，使人繼其聲；善教者，使人繼其志。**」大意是：善於歌唱的人，能夠使人樂於仿傚，隨著他的聲音跟著唱；善於教學的人，能夠使人得到啟發，隨著他的意願來學習。筆者間中有參加演唱會，歌手在臺上施展渾身解數，高歌妙舞，不單令觀眾聽得看得如痴如醉，還跟著打節拍，隨聲而唱。「歌」是有歌譜的，按譜而唱，則陳、李、張、黃、何唱時理應一樣，但為甚麼歌手會唱得特別好？「曲度雖均，節奏同檢。至放引氣不齊，巧拙有素」，曹丕（187-226）在《典論．論文》已說得很清楚。歌手對所唱的歌，不知苦練多少次而達至心通神遇，所以能感動、感染聽者，使聽者入耳而動心，終而不自覺地「繼其聲」。

上引〈學記〉的名句是以「善歌者」比喻「善教者」，重點還在說後者。善歌者能夠使人繼其聲，則作為好老師、善教者也應使人繼其志。我們要追問，好的老師怎樣能令學生跟隨自己努力學習呢？這是投身教育行業，理想作為好老師的準教師，甚或現職教師希望「自我完善」的共同問題。〈學記〉隨即提供答案：「其言也，約而達，微而臧，罕譬而喻，可謂繼志矣。」善於教學的人，他在課堂上的講解，語言簡約而透徹，說話精微而美善，少用譬喻而意思明白，這可以說是善於引導學生隨其意願來學習了。鄭玄（127-200）注謂「言為之善者，則後人樂放（仿）傚」，便是此意。

為甚麼善教者的解說要「約」，要「微」，要「罕譬」呢？關鍵在學生能夠「達」、「臧」和「喻」。教師的學養遠勝學生，對所教教材自然也明白掌握。然而，教者自己懂得，與教曉學生懂得是有層次和差異的。一般而言，教師詳細講解而使學生透徹通達，清楚闡釋而使學生掌握美善之道，多用比喻而使學生明白抽象的理論。但〈學記〉卻強調「約、微、罕譬」，朱熹（1130-1200）解說：「繼聲、繼志，皆謂微發其端而不究其說，使人有所玩索而自得之也。約而達，微而臧，罕譬而喻三者，皆不務多言而使人自得之意。」學生在教者循循善誘和啟發下，通過自學和反思而最終能達、能臧、能喻的，才稱得上「繼志」。

當然，教學之道存乎一心，好的教師絕非單憑一道板斧，便能制勝課堂。不同學習階段的學生固然差異很大，就算同一班級，也要苦心經營的。〈學記〉鼓勵教師「能言而不盡」，是貫徹孔子「不憤不啟，不悱不發」的理論的。總之，教師針對學生的能力「獎善救失」，絕非空談而得，必須努力實踐才能致功，願與所有同道共勉。至於作為學生，也應「轉益多師」，積極向學，以不辜負老師的辛勞和期望。

樹欲靜而風不息，子欲養而親不待

《論語·里仁》記載孔子（前 551–前 479）提醒為人子者要及時盡孝的一句話，原文是：「父母之年，不可不知也。一則以喜，一則以懼。」孔子指出，父母的年齡，要時時記憶於心；平日侍奉親側，須細心觀察，父母健康無恙，固是可喜，但如父母身體衰邁，則又可懼。

當我們全情投入讀書、做事的時候，自然忙得不可開交，分身乏術，回到家中，早已精疲力竭，莫說對父母「晨昏定省」，連自己也差點自顧不暇。至於離家在外不與同住的，更是如此。父母垂垂老矣而不細察，身體日衰而不遑顧，一旦父母離世，孝子才猛然驚覺「樹欲靜而風不息，子欲養而親不待」的悔恨和悲痛！

《韓詩外傳》卷九記載了春秋時代皋魚（生卒年不詳）的故事：

> 孔子行，聞哭聲甚悲。孔子曰：「驅驅！前有賢者。」至，則皋魚也，被褐擁鐮，哭於道傍。孔子闢車與之言，曰：「子非有喪，何哭之悲也？」皋魚曰：「吾失之三矣。少而學，游諸侯，以後吾親，失之一也；高尚吾志，間吾事君，失之二也；與友厚而小絕之，失之三也。樹欲靜而風不止，子欲養而親不待也。往而不可追者，年也；去而不可得見者，親也。吾請從此辭矣。」立槁而死。孔子曰：「弟子誡之，足以識矣。」於是門人辭歸而養親者十有三人。

《孔子家語·致思篇》和《說苑·敬慎篇》均有類似的記述：孔子帶同弟子出行，在路上聽到有人哭得十分悲傷。孔子叫學生趕車前去，走近時看到皋魚身披粗布、抱着鐮刀，在道旁哭泣。孔子下車對皋魚說，他家裏並非有喪事，為什麼哭得如此悲傷。皋魚回答指自己有三個過失：年少時為了求學，周遊諸侯國，沒有把照顧親人放在首位，這是過失之一；他志向高遠，阻隔了事君的機會，這是過失之二；他與朋友交情深厚卻因小事而逐漸疏遠，這是過失之三。樹想靜下來可是風卻不停，子女想好好奉養父母可是父母卻不在了！過去而不能追回的是歲月，逝去而再也見不到的是親人。皋魚愧疚至極，竟然站立不動，枯槁而死。孔子以此事告誡學生，其中十三人深受感動，馬上回家照顧父母了。

對於普通的物件，我們擁有時不懂珍惜，失去了卻念茲在茲；物尚如此，我們擁有父母的愛，彷彿是與生俱來，如空氣之易得，自然不懂珍惜和感激。過去一位老師曾對筆者說：父母愛子女的「慈」，是自然而然而不須教導的；子女對父母的「孝」，卻須時刻提醒。讀完上述經典名句，不知讀者有何感悟？

啟迪心靈的陶淵明詩句

如果說，讀古人三數首詩，便能使你大概了解他的詩的特色和風格，如屈原（約前343–約前278）的怨憤孤忠、曹植（192–232）的雅麗剛健、李白（701–762）的飄逸灑脫、杜甫（712–770）的沉鬱頓挫、蘇軾（1037–1101）的超曠豪邁、陸游（1125–1210）的雄渾悲壯等等，這些大詩人，你會毫不猶豫地欣賞、敬佩他。至於讀陶淵明（365–427）的詩，你不單只有以上的感覺，兼且你會想象他，親近他而沒有一種或高高在上、可望而不可即的感覺。

陶詩最大的吸引力，是詩中透發極多的人生哲理。陶淵明抒寫這些哲理時，或託物寓意，而更多的，是通過議論的方式表達。他將寫散文的手法引入詩中，以議論為詩，是前無古人的。《詩經》、《楚辭》、《古詩十九首》以至三祖陳王、建安七子，縱有某些句子如此，但論有意識地為之而自成風格的，實自陶淵明始。唐代杜甫、韓愈（768–824）均受此影響，及至宋代，詩歌散文化遂成常法。

詩歌離不開「事、景、情、理」四元素，或因事抒情，或先景後情，或即景成理，因情生理等，變化多端。然而，詩如沒有理境、理趣的，終非第一流作品。而陶詩的「理」，正正值得讀者品味和體悟。

茲略舉陶詩中的哲理，如〈和郭主簿〉二首之二：

芳菊開林耀，青松冠巖列；懷此貞秀姿，卓為霜下傑。

以菊、松為喻，寫在橫逆中秉持高格。又如〈戊申歲六月遇火〉：

形迹憑化往，靈府長獨閒，貞剛自有質，玉石乃非堅。

寫堅守本性的貞剛而勝於玉石。又如〈移居〉二首之二：

此理將不勝，無為忽去茲。衣食當須紀，力耕不吾欺。

寫如何順適生活。又如〈庚戌歲九月中於西田獲早稻〉：

人生歸有道，衣食固其端；孰是都不營，而以求自安。

寫活在現實，不求不爭。又如〈己酉歲九月九日〉：

萬化相尋異，人生豈不勞。從古皆有沒，念之中心焦；何以稱我情，濁酒且自陶。千載非所知，聊以永今朝。

此參透人生之語，令人愈味愈深。又如〈連雨獨飲〉：

運生會歸盡，終古謂之然……形骸久已化，心在復何言。

直言知命任真，順適自然。又如〈癸卯歲始春懷古田舍〉二首之二：

平疇交遠風，良苗亦懷新；雖未量歲功，即事多所欣。

透發樂觀世界，無所不悅之理。又如〈飲酒並序〉二十首之五：

結廬在人境，而無車馬喧。問君何能爾？心遠地自偏。

道出離塵心境，足以超逾生活限制。又如〈詠二疏〉：

放意樂餘年，遑恤身後慮。誰云其人亡，久而道彌著。

這是參悟人生，放意目前的感悟。又如〈擬古〉九首之七：

皎皎雲間月，灼灼葉中華，豈無一時好，不久當如何？

以雲中月、葉中花之美之失，洞明好景不常之理。又如〈遊斜川〉並序：

中觴縱遙情，忘彼千載憂；且極今朝樂，明日非所求。

妙寫及時行樂之旨。又如〈擬古〉九首之四：

一旦百歲後，相與還北邙；松柏為人伐，高墳互低昂，頹基無遺主，遊魂在何方！榮華誠足貴，亦復可憐傷。

道盡生死富貴之理，非達人何以參透。又如〈乞食〉：

感子漂母惠，愧我非韓才；銜戢知何謝，冥報以相貽。

申說感恩圖報之思。

我們讀陶詩，初看到他的質樸枯淡，但愈讀愈久時，便覺詩中的內涵豐實飽滿，嚼之不盡，味之彌香。洪亮吉（1746-1809）《北江詩話》謂陶詩有「化工氣象」，就請讀者靜心體會，以心印證其中的哲理。

讀書破萬卷，下筆如有神

凡接受中國式教育的人，都應該讀過杜甫（712-770）的詩。杜甫被尊為「詩聖」，他的詩被稱為「史詩」，流傳下來的一千四百五十八首詩歌，不僅組成一幅又一幅生動而寫實的畫卷，展現出唐代安史之亂前後大唐帝國由極盛轉向衰落的社會變動的狀貌，既可印證正史的記敘，也可補正史的不足。

杜甫一生落魄潦倒，歷盡坎坷，但他始終保持著儒家最推崇的仁者襟懷，造次必於是，顛沛必於是。他關注社會現實，關懷民族命運，關心蒼生疾苦。他的詩歌，處處表現以天下為己任的家國情懷，所以能引發不同時代讀者的共鳴，特別在中華民族遭到外患衝擊之時，竟成為無數仁人義士和愛國者的精神支柱。

有人問王安石（1021-1086），何故杜詩能「妙絕古今」。王安石回答說：杜甫自己也說了，就是「讀書破萬卷，下筆如有神。」（見《東皐雜錄》）

「**讀書破萬卷，下筆如有神**」，是杜甫〈奉贈韋左丞丈二十二韻〉詩中的兩句。杜甫在詩中，敘寫自己的才學以及平生志向和抱負，傾吐仕途失意、生活困頓的窘狀，並且抨擊當時黑暗的社會和政治現實。這兩句被稱為經典的名句，是杜甫自述他的讀書過程與得著。

「讀書破萬卷」，關鍵在一「破」字。清代仇兆鰲（1638-1717）《杜詩詳注》指當從三個方面來理解：「一曰胸羅萬卷，故左右逢源而下筆如有神；二日書破，猶韋編三絕之意，蓋熟讀則卷易磨也；三日識破萬卷之理。」仇氏所謂「胸羅萬卷」，意味著「破」是指「突破」，超出、窮盡的意思；所謂「書破」，即是由於熟讀而致書卷破損，就像孔子晚年讀《易》，由於經常翻閱，以致編聯竹簡的熟牛皮繩也多次磨斷；所謂「識破」，即指參透各種書蘊藏的道理。

如果說「讀書破萬卷」是因，則「下筆如有神」是果。能博覽群書，熟讀、參透，自然腹有詩書氣自華，當下筆寫作時，便能左右逢源，得之心而應之手，如有神助。

今天，我們討論「讀書」和「寫作」的關係，杜甫的兩句詩正好給予我們寶貴的啟示。然而，我們不妨想深一層，「讀書破萬卷」，除了有利於寫作外，還有其他更重要的目標嗎？

欲窮千里目，更上一層樓

要想小朋友的中文水準提高，最有效的方法是通過各種有趣的方法，激發動機，讓他們自少唱誦詩歌和背誦格言名句。傳統詩歌的精練語言和起承轉合結構，一首短詩擴而充之便是一篇文章；而格言名句是高度濃縮的智慧，足以指導前行，啟迪心靈，對讀者德性的陶冶大有好處。當然，一首好詩，離不開敘事、寫景、抒情、說理的成份，其中的警句名句，更足以令人細賞深味。

王之渙（688–742）〈登鸛鵲樓〉一詩，家傳戶曉。我曾以之教子女背誦，教中小學生背誦，甚而登上大學講堂，與學員分析細賞。原來，一首好的作品，不是一時半刻可以消化淨盡的，在不同的年齡、不同的人生歷程和際遇，都會有體會淺深的差異。

王之渙，唐代詩人，字季陵，晉陽（今山西省太原市）人，曾任冀州衡水縣主簿，被人誣陷，棄官而去。晚年出任文安縣尉。卒於天寶元年（742）。他為人豪放，常擊劍悲歌。他的詩多被當時樂工制曲歌唱，名動一時，可惜作品多已散佚，今僅存六首，收錄於《全唐詩》內。鸛鵲樓，在唐代是河中府（治所在今山西省永濟縣蒲州鎮）的名勝。樓在西南城上，高三層，東南是中條山，西面可以俯瞰黃河，因常有似鶴的飛禽鸛鵲棲息其間，所以叫鸛鵲樓。

〈登鸛鵲樓〉詩只有短短四句：「**白日依山盡，黃河入海流。**

欲窮千里目，更上一層樓。」全詩不用典，平白如話，前兩句和後兩句都是工整的對句，清沈德潛（1673–1769）《唐詩別裁集》評說：「四語皆對，讀去不嫌其排，骨高故也。」沈氏說得對，四句寫來自然流暢，境界開闊，精神積極向上，骨格奇高，值得欣賞。

「白日依山盡」，是寫實的，詩人登上高樓，遠遠看到太陽慢慢下山時的景象。「黃河入海流」，詩人近看黃河奔湧流轉，直向東注入大海；這句是從眼前的寫實，而帶出詩人的想像，因為在鸛鵲樓是無法看到黃河之水注入大海的。凡寫景，有實景，有虛景，有眼前景，有想像景，詩人大筆揮灑，便由實轉虛，由眼前推向想像，表現出蒼茫遼闊，雄渾放曠的境界，勾勒出一幅壯麗的風景圖。

有了前兩句寫景的鋪墊，詩人接寫他登樓眺望的心境：「**欲窮千里目，更上一層樓**。」詩人為了看得更遼遠的景象，於是登上高一層樓，希望站得高，看得更遠。兩句詩耐人尋味，不單即景抒情，而是「情中有理」，體現詩人對美好的追求與實際行動，又帶給讀者無限鼓舞和不斷努力的信心。兩句詩，更可說明，要開闢新天地、新境界，便要持續攀登，由個人推廣到群體以至全人類，要擁有更多知識，取得更大成就，創造更好生活，便要作出比現在更大的努力。

誰言寸草心，報得三春暉

很多年以前母親節的前一天，亞洲電視某編導打電話給我，請我到電視台指導幾位藝員，在母親節的特備節目內小組朗誦與母親相關的詩歌。

歌頌母愛的詩歌，最為經典的，莫過於孟郊（751–814）的〈遊子吟〉。我用了個多小時講授、指導、練習；我問編導，是否表演時要在鏡頭後以卡紙提示，以防忘記。編導說，藝員都是專業的，不用。離開電視台時，最當紅的藝員劉志榮（1952–2008）還老遠地送我到閘口。劉於 2008 年離世，一念及此，心裏仍有些觸動。

孟郊是唐代的大詩人，一生貧困潦倒，仕途失意，直到四十六歲才考上進士；五十歲時得到了一個溧陽縣尉的卑微職位，結束長年漂泊流離的生活，便將母親接來同住。〈遊子吟〉詩題下自注「迎母溧上作」，詩人過去飽嘗了世態炎涼之苦，此時愈覺親情之可貴，於是寫出這首感人至深的五言古體詩：

> 慈母手中線，遊子身上衣。臨行密密縫，意恐遲遲歸。誰言寸草心，報得三春暉。

全詩六句三十字。開首兩句「慈母手中線，遊子身上衣」，寫母子相依的骨肉感情。詩人用「線」和「衣」兩樣極尋常之物將「慈母」和「遊子」連繫起來。

三、四句「臨行密密縫，意恐遲遲歸」，通過母親為兒子趕製衣服的動作和心理刻畫，深化這種骨肉之情。母親的「密密縫」就是恐怕兒子「遲遲歸」。兒子遠遊，母親以「縫」代替「別」，以「縫」守候「歸」，將難以表達的愛都縫進衣衫裏，那種無言的付出與深層的愛，讀者只須慢慢咀嚼，自然深有同感。詩人運用「白描」的手法，實寫母親的動作，虛寫母親的心理。所謂「實」，是兒子親眼看到母親默默而細心地縫衣服；所謂「虛」，母親的「意恐遲遲歸」，純然是詩人想象出來的。「實」與「虛」並不對立，而是基於母親的具體行動，而推想出她心底裏的所思所想。

最後兩句「誰言寸草心，報得三春暉」，詩人捨白描而運用比興，以自己作為子女對母親的感恩之心比作「寸草」，將母親給予自己的養育深恩比作溫暖大地的三春陽光。對於如春天陽光般和暖親切的母愛，區區小草似的兒女孝心又怎能報答於萬一？詩人在「寸草心」和「三春暉」的對比中，暗含著無以報答母親的愧疚。然而，我們應該理解，作為兒子，一旦感到對母親無以報答的愧疚之時，往後的時光，便會更加關愛母親而盡心孝順了。

我曾於講堂上問過不同屆別的學生，六句中最受觸動的是哪兩句？有選第一、二句的，有選第三、四句的，而最多的是選最後五、六句。確實，〈遊子吟〉的末兩句委婉多風，表現出孝子的心聲，言盡而意不盡，較之《詩經・小雅・蓼莪》「欲報之德，昊天罔極」，更多了一份柔性的情感。千秋而下，其感發力極強，人子讀之，愛慕即油然而出。我曾寫過一首〈母親節感賦〉的詩，也是受到〈遊子吟〉所影響的：

尚想慈母線。溫暖遊子衣。孟氏詩傳久。吟哦遍小兒。小兒日夜長。慈愛無已時。瞻彼水雲間。流光詎可遺。桑榆日影昃。垂老體力衰。飲啖怯肥飫。百病尤見欺。人生難再少。安命乃成疑。養親憑勉力。行孝在所施。無為百歲後。憂傷不自持。

採得百花成蜜後，為誰辛苦為誰甜

中國詩歌發展到了唐代，無論在詩人的數量與作品的質量都是空前的，康熙（1662-1722）年間編纂的《全唐詩》，收錄二千二百多詩人的作品四萬八千餘首，再加《全唐詩補選》、《補全唐詩》、《全唐詩續補遺》，以及敦煌殘卷所存的，數量多達五萬首。當然，唐代二百九十年的國祚，初盛中晚各期的詩歌不可能沒有變化，《文心雕龍》所謂「文變染乎世情，興廢繫乎時序」，大唐帝國日走下坡，政治日衰，有識之士，也已無力回天，卻心憂國事，吐言抒憤。

試看晚唐詩人羅隱（833-910），一首詠物詩，題曰〈蜂〉：

> 不論平地與山尖，無限風光盡被占；採得百花成蜜後，為誰辛苦為誰甜！

這是一首七言絕詩，前兩句描寫不論平地或山頂，只要繁花盛放的地方都被蜜蜂一一佔據，極力鋪寫蜜蜂的張揚；後兩句筆鋒一轉，感歎蜜蜂辛辛苦苦採花釀蜜後，蜂蜜卻被別人奪去。詩人透過前後詩句的巨大落差，引發讀者對蜜蜂的憐憫。

羅隱生活的那個時代，內則宦官專政，外則藩鎮跋扈，直言之士易招殺身之禍，所以詩人只好把刺世嫉邪的感情，寓之於草木蟲魚的吟詠之中，塗上一層保護的色彩。

「**採得百花成蜜後，為誰辛苦為誰甜**」這兩句，寫出蜜蜂歷盡艱辛，釀成蜂蜜後卻為他人所有，不知為誰辛苦。詩人以「為誰辛苦為誰甜」作結，意在言外，啟人思考，耐人咀嚼，既讚美蜜蜂的辛勞工作，不畏艱難，也對牠們的遭遇表達深切同情。如將這句看成是感歎句，則詩人是慨歎蜜蜂的不幸而表達無限的同情；如看成是疑問句，則詩人明知故問，讓讀者進入深邃的反思。究竟「誰」是誰？而蜜蜂的處境又是怎樣？

而且，其中「甜」字用得極佳，因為「甜」是蜂蜜最大的特點，也能代表美好的成果。詩裏所寫採花釀蜜的蜂，象徵著在平地高山辛勤耕作的農民，但又不局限於農民。詩裏含有對一切不勞而穫、坐享其成的剝削者的不滿，反映了辛苦勞動、勤奮工作的人得不到應有報償的不平和感慨。

歷代詠蜜蜂的名句不少，如蘇軾（1037–1101）的「蜜中有詩人不知，千花百草爭含姿」（〈安州老人食蜜歌〉）、楊萬里（1127–1206）的「作蜜不忙採蜜忙，蜜成又帶百花香」（蜂兒詩）、吳承恩（1506–1582）的「小小微軀能負重，器器薄翅會乘風」（〈詠蜂〉）及王錦（明人，生卒年不詳）的「世人都誇蜜味好，釜底添薪有誰憐」（〈詠蜂〉）等，從內涵和諷刺意義上，仍以羅隱的兩句最為突出。

羅隱帶諷刺手法的詩歌尚多，如〈雪〉一詩：「盡道豐年瑞，長安有貧者，豐年事若何？為瑞不宜多。」既是豐年，為甚麼首都長安都有貧者，首都如此，其他地方就不問而知了。豐年的農作收成多了，可是好處卻落入豪門手上，百姓依然過著貧窮的生活，既是如此，在百姓的心中，自然產生「為瑞不宜多」的感慨了。羅隱的詩，便是具有這樣的特色。

天教心願與身違：讀李煜詞的名句

李煜（937–978）傳世的四十餘首詞，有濃艷歡樂的，有超脫遁世的，有怨慕愁惋的，有哀淒沉痛的，各有風格品貌。一般都以南唐亡國為分水嶺而將李煜詞分前期和後期：前期包括即位前和即位後，後期包括初亡國和困於汴京時。由於李煜寫作時沒有繫年，很多首實在無法判定屬前期抑或後期作品。葉嘉瑩（1924– ）在《靈谿詞說》指出：「李煜之所以為李煜與李煜詞之所以為李煜詞，在基本上卻原有一點不變之特色，此即為其敢於以全心傾注的一份純真深摯之感情。」因此，讀者閱讀李煜的詞，若從作品的分期歸類，固然可以有助理解和賞析，但最關鍵的，還在於體會詞人那種「純真深摯之感情」的赤子之心。王國維（1877–1927）《人間詞話》說李煜詞，眼界大，感慨深，有篇有句，神秀也。從這個角度切入，最能體悟李煜詞的神髓。

試看李煜寫的以下詞句：

「繡牀斜凴嬌無那，爛嚼紅茸，笑向檀郎唾。」

——（〈一斛珠〉）

「笙簫吹斷水雲間，重按霓裳歌徧徹……歸時休放燭光紅，待踏馬蹄清夜月。」

——（〈玉樓春〉）

「花明月黯籠輕露，今宵好向郎邊去！」

——(〈菩薩蠻〉)

「銅簧韻脆鏘寒竹，新聲慢奏移纖玉。」

——(〈菩薩蠻〉)

「啼鶯散，餘花亂，寂寞畫堂深院。」

——(〈喜遷鶯〉)

「綠窗冷靜芳音斷，香印成灰。」

——(〈采桑子〉)

「雲一緺，玉一梭，澹澹衫兒薄薄羅，輕顰雙黛螺。」

——(〈長相思〉)

「茱萸香墜，紫菊氣，飄庭户，晚煙籠細雨。」

——(〈謝新恩〉)

「落花狼藉酒闌珊，笙歌醉夢間。」

——(〈阮郎歸〉)

「離恨恰如青草，更行更遠還生。」

——(〈清平樂〉)

「燭明香暗畫樓深，滿鬢清霜殘雪思難任。」

——(〈虞美人〉)

「醉鄉路穩宜頻到，此外不堪行。」

——(〈烏夜啼〉)

「最是倉皇辭廟日，教坊猶奏別離歌，揮淚對宮娥！」

——(〈破陣子〉)

「千里江山寒色遠，蘆花深處泊孤舟。笛在月明樓。」

——(〈望江梅〉)

「臙脂淚，留人醉，幾時重？自是人生長恨水長東！」

——(〈烏夜啼〉)

「往事只堪哀，對景難排……想得玉樓瑤殿影，空照秦淮」

——(〈浪淘沙〉)

「獨自莫憑欄，無限江山，別時容易見時難。流水落花春去也，天上人間！」

——(〈浪淘沙〉)

「轉燭飄蓬一夢歸，欲尋陳跡悵人非，天教心願與身違。」

——(〈浣溪沙〉)

「問君能有幾多愁，恰似一江春水向東流！」

——(〈虞美人〉)

以上千秋傳誦的名句，多以不尚雕飾，明麗如畫的白描手法寫成，不論是敘述事實、描寫景物、刻畫情態，都能曲盡其妙；特別在抒情方面，或事中有情，或景中有情，當情到深處，情景融合而昇華入於理境，由個人的感慨，而表出人世的相同感慨，於是其情其理，已非李煜個人自己，而由他個人自己，擔荷著千秋萬世人類之苦。這正是王國維(1877-1927)在《人間詞話》所指的「儼有釋迦、基督擔荷人類罪惡之意」。讀者多加體會，當自己偶有失意而生出愁怨不快的情緒時，吟詠一下李煜的詞，相對他的愁怨，自然獲得稍寬稍解的療效。

總而言之，讀李煜詞，宜細酌，宜體味。先從高聲朗讀，或低聲吟詠開始，整體感受作品的神理氣味，再逐步求其格律聲色。每讀一遍，當集中一意求之；數遍以後，自能心領神會，有所受益。

出淤泥而不染，濯清漣而不妖

周敦頤（1017–1073）的〈愛蓮說〉是一篇文字清新，思想深刻的哲理小品，在中小學的課程中常列作教材。據南宋度正（1167–？）《濂溪先生年譜》記載，此文於嘉祐八年（1063）五月所作，開始時是刻在石上的。

許多人弄不清「荷花」和「蓮花」，其實兩者是一樣的。《爾雅．釋草》：「荷，芙渠，其莖茄，其葉蕸，其本蔤，其華菡萏，其實蓮，其根藕，其中的，的中薏。」意思是說荷花就是芙渠，它的莖稱作「茄」，葉稱作「蕸」，根稱作「蔤」，花稱作「菡萏」，果實稱作「蓮」，根稱作「藕」，種子稱作「的」，種子的中心稱作「薏」。因此，荷花，即芙渠，而稱蓮花，是以其果實的部分借代全株。〈愛蓮說〉原文不長，僅一百一十九字：

> 水陸草木之花，可愛者甚蕃。晉陶淵明獨愛菊。自李唐來，世人甚愛牡丹。予獨愛蓮之出淤泥而不染，濯清漣而不妖，中通外直，不蔓不枝，香遠益清，亭亭淨植，可遠觀而不可褻玩焉。
>
> 予謂菊，花之隱逸者也；牡丹，花之富貴者也；蓮，花之君子者也。噫！菊之愛，陶後鮮有聞。蓮之愛，同予者何人？牡丹之愛，宜乎眾矣！

文章可分為兩部分：前一部分描寫蓮花高潔的形象；第二

部分則揭示蓮花的比喻義，分評「菊」、「牡丹」和「蓮」三花，並以蓮自況，抒發了作者內心深沉的慨嘆。

周敦頤是宋明理學的創始人，與弟子程顥（1032–1085）、程頤（1033–1107）兄弟等，力繼孔孟之聖學。他教導二程兄弟「學以至聖人」，還設計了「孔顏樂處」的一種生活意境作為補充，讓二程子自行尋找。究竟孔子（前 551- 前 479）、顏回（字子淵，前 521- 前 481）的樂處，及要尋找的樂處是甚麼？其實就是在艱難困苦的環境中仍保持一以貫之的精神愉悅以及造就這種愉悅的原因。

這裏，周敦頤以「**出淤泥而不染，濯清漣而不妖**」高度讚美蓮花，意思是說，蓮花從污泥裏生長出來，卻不沾染污濁；在清水裏洗滌過，但不顯得妖豔。蓮花生於沼澤、湖泊、池塘中，婷婷玉立，迎驕陽而不懼，出污穢而不染，「葉上初陽乾宿雨，水面清圓，一一風荷舉」（周邦彥〈蘇幕遮・燎沉香〉句），給人以清淨高雅之感；及至秋天以後，百卉凋零，「荷盡而無擎雨蓋」（蘇軾〈贈劉景文〉句），它仍有一派風霜露骨，蓮蓬帶著蓮子埋於秋水，為來年的重生帶來希望。讀者細細參悟，也許就是一種「樂處」。

《詩經・陳風・澤陂》：「彼澤之陂，有蒲與荷。有美一人，傷如之何？寤寐無為，涕泗滂沱。」是最早寫荷花的文學作品，詩人以荷花比喻女性之美，與蒲草並提，象徵男女之間的愛情。周敦頤也藉蓮花自喻，通過對蓮花的愛慕與禮讚，表明自己對美好理想的憧憬，對高尚情操的崇奉，對庸劣世態的憎惡。難怪大儒朱熹（1130–1200）仰慕周敦頤，喜愛〈愛蓮說〉，並作有〈愛蓮詩〉：「聞道移根玉井旁，花開十丈是尋常；月明露冷無人見，獨為先生引興長。」（見《晦庵集》）一說一詩，足垂千秋，令人激賞。

「橫渠四句」的壯美

最近在香港大會堂的「國學講座」賞析香港的名勝楹聯，其中提到蘇師文擢（1921–1997）於 1990 年寫贈蓬瀛仙館道學研習班畢業同學的一副對聯：

道啟祥和，立心天地；

學通古今，留意藝文。

回顧 1989 年至 1990 年間，不論內地和香港均發生大大小小造成人心不穩的事。蘇師深明道教超然物外之旨，慕道、向道者，自然能夠致虛靜而得祥和，不憂不慮。上聯寄語畢業學員，個人祥和是小，所有人祥和是大；修道者，應著眼於大，所思所想，都應立心天地。下聯承上聯「立心天地」而來。人如何能立心天地呢？蘇師指出，為學要博通今古，博通今古，則要著力於六藝經典。

「立心天地」，語出宋代大思想家張載（1020–1077）的銘言：

為天地立心，為生民立命，為往聖繼絕學，為萬世開太平。

這四句話，擲地有聲，被當代哲學家馮友蘭（1895–1990）概括為「橫渠四句」，一說是張載的個人自勉，一說是他晚年的訓勉學生之辭。我認為無須深究，重要的是，四句話貫穿了張載的一生，他身體力行地實踐這份「替天行道，為民請命，繼承孔孟正統儒學，達成先聖的政治理想，開啟永恆的太平」的精神。宋明理學家最講究知行合一，做不到的不會說，說得出便做得到。這是一種懾人的魅力，足以感召後世，昭示未來。所以「橫渠四句」成為了無數儒家先賢修行做人之準繩，並為此而前仆後繼，以圖實現作為儒者的人生理想。

張載原籍開封，天禧四年 (1020) 出生於鳳翔眉縣橫渠鎮，世稱「橫渠先生」。廿一歲時上書《邊議九條》給當地安撫副使范仲淹 (989–1052)，而年長三十一歲的范仲淹在他身上仿佛看到了自己年輕時憂國憂民的影子，兩人遂結成忘年之交，從此之後范仲淹成為張載人生的導師。而范仲淹的名句：「先天下之憂而憂，後天下之樂而樂」所抒發的志向，也由張載生動傳神地演繹了出來，最後成為儒學中最崇高的理想。張載三十七歲赴京應考，與蘇軾 (1037–1101)、蘇轍 (1039–1112) 等同登進士。他為官時積極服務民生，興修水利，退位時講學授課，著書立說，他以光明磊落的人生軌跡展示出：「居廟堂之高則憂其民，處江湖之遠則憂其君」的高潔情操。正是這種勇於擔當的行為和追求理想的不懈，使張載成為一個真實可敬的古仁人，令「為天地立心」這個命題成為震古鑠今的名句，而不是紙上談兵的豪言壯語。

「橫渠四句」對後世影響很大，成為了很多政治領袖的座右銘。千年之後，2006 年 9 月，時任國務院總理的溫家寶 (1942–) 在出訪歐洲前以此表明心跡；2015 年 11 月的「習馬會」上，馬英九 (1950–) 用以表達對兩岸未來的美好願景；2016 年和 2018 年習近平 (1953–) 主席也藉此作出講話，勉勵知識分子要擔負使命。及至最近圓寂的星雲大師 (1927–

2023)，也於 2017 年就此四句開課，講解其中奧理。

「橫渠四句」中所體現的四種「為」，自天而人，自人而學，自學而至萬世，是儒家哲學最終極關懷的體現，具有凜然浩瀚之氣勢美；在文句中兩兩相對，語意上層層遞進，言簡意宏，具鏗鏘有力之音律美；加上張載本人以生命寫就的理想人格，更呈現出詩意的壯麗。

張載以聖人自期，以遠大的志向為世人展示其抱負，「橫渠四句」的影響無遠弗屆。蘇師文擢教授以此表達對畢業學員的寄望和期許，亦一顯宗師風範。著書立說，提掖後進，綿延千載，儒學之淵源博大，堪稱壯美。

怎一個愁字了得：讀李清照的名句

李清照（1084- 約 1155）與前文提到的李煜（937-978），雖然生活在不同的時代和不同的背景，但經歷上都有著亡國破家相似之處。李清照傳世的近五十首詞，在詞境創造上的高度藝術概括性、塑造鮮明生動的藝術形象與獨特的抒情手法等，無論在繼承與借鑒方面，都顯然受到李煜的影響。舉如〈浪淘沙〉:「簾外五更風，吹夢無蹤。畫樓重上與誰同？記得玉釵斜撥火，寶篆成空。回首紫金峰，雨潤煙濃。一江春浪醉醒中。留得羅襟前日淚，彈與征鴻。」便明顯胎息自李煜〈浪淘沙〉:「簾外雨潺潺，春意闌珊，羅衾不耐五更寒。夢裏不知身是客，一餉貪歡。」讀者稍加比對，自可得之。

李清照詞留下的經典名句甚多，試看：

「翠貼蓮蓬小，金銷藕葉稀。舊時天氣舊時衣，祇有情懷，不似舊家時！」

——(〈南歌子〉)

「天接雲濤連曉霧，星河欲轉千帆舞……九萬里風鵬正舉，風休住，蓬舟吹取三山去。」

——(〈漁家傲〉)

「爭渡，爭渡，驚起一灘鷗鷺。」

——(〈如夢令〉)

「試問捲簾人，卻道海棠依舊。知否，知否，應是綠肥紅瘦。」

——（〈如夢令〉）

「朗月清風，濃煙暗雨，天教憔悴度芳姿。」

——（〈多麗〉）

「故鄉何處是？忘了除非醉。」

——（〈菩薩蠻〉）

「瑞腦香消魂夢斷，辟寒金小髻鬟鬆，醒時空對燭花紅。」

——（〈浣溪沙〉）

「遠岫出雲催薄暮，細風吹雨弄輕陰，梨花欲謝恐難禁。」

——（〈浣溪沙〉）

「惟有樓前流水，應念我、終日凝眸。凝眸處，從今又添，一段新愁。」

——（〈鳳凰臺上憶吹簫〉）

「花自飄零水自流。一種相思，兩處閒愁。此情無計可消除，纔下眉頭，卻上心頭。」

——（〈一剪梅〉）

「獨抱濃愁無好夢，夜闌猶剪燈花弄。」

——（〈蝶戀花〉）

「莫道不消魂，簾卷西風，人比黃花瘦。」

——（〈醉花陰〉）

「魂夢不堪幽怨，更一聲啼鴂。」

——（〈好事近〉）

「甚霎兒晴、霎兒雨、霎兒風。」

——(〈行香子〉)

「吹簫人去玉樓空，腸斷與誰同倚。一枝折得，人間天上，沒個人堪寄。」

——(〈孤雁兒〉)

「要來小酌便來休，未必明朝風不起。」

——(〈玉樓春〉)

「今年海角天涯，蕭蕭兩鬢華。」

——(〈清平樂〉)

「寵柳嬌花寒食近，種種惱人天氣……被冷香消新夢覺，不許愁人不起。」

——(〈念奴嬌〉)

「元宵佳節，融和天氣，次第豈無風雨……不如向、簾兒底下，聽人笑語。」

——(〈永遇樂〉)

「空夢長安，認取長安道……醉莫插花花莫笑，可憐春似人將老。」

——(〈蝶戀花〉)

「物是人非事事休，欲語淚先流。聞說雙溪春尚好，也擬泛輕舟。只恐雙溪舴艋舟，載不動，許多愁。」

——(〈武陵春〉)

「守著窗兒，獨自怎生得黑……這次第，怎一個愁字了得！」

——(〈聲聲慢〉)

李清照善於選取日常生活所遇之物和場景片段，抒寫情懷。以上詞句，皆運筆精鍊，不避口語而能清新典麗，意境優美，無論是寫景、詠物，都能曲盡其貌，取得高度概括、形象鮮明的藝術效果，使人如在目前；詞人抒情，委婉真摯感人，有直率奔放，而更多是以物托情，以物喻情，寫來含蓄蘊藉，令人品味、回味。

而最為人樂道的，是〈聲聲慢〉開首連下十四疊字：「尋尋覓覓、冷冷清清、悽悽慘慘戚戚。」論意，則層層遞進，愈鑽愈深；論聲，則如珠走玉盤，錚琮錯落。所以能叫絕千古。

宜未雨而綢繆，毋臨渴而掘井

明末清初的理學家者朱用純（1627–1698），字致一，號柏廬。其治學精勤，嚴以律己，畢生致力教學，示諸生以正法。著有《刪補易經蒙引》、《四書講義》、《春秋五傳酌解》、《困衡錄》、《愧訥集》、《毋欺錄》、《治家格言》等。

《治家格言》，又稱《朱子家訓》，僅 506 字，言簡意賅，在「修身」和「齊家」兩方面，提供很好的具體意見，舉如開篇即說：「黎明即起，灑掃庭除，要內外整潔。既昏便息，關鎖門戶，必親自檢點。」早上不賴床，起即打掃庭院，內外整潔，既健康，又衛生；晚上早睡，留心門鎖關上，避免盜賊入屋。就算四百年後的今天，面對新冠疫情仍在的香港，這些淺白而深存意義的說話，仍值得讀者參考。

《治家格言》的內容，幾乎都是針對特定的情境，將儒家思想中的個人修養、處事方法、處世態度等提出，以起訓勉和指導作用的。其中「宜未雨而綢繆，毋臨渴而掘井」兩句，既具體，又富哲理。說是具體，讀者一看便大概懂得其中意思：應當在沒有下雨的時候就把門窗捆綁牢實，不要到口渴的時候才想起去挖井。說是富哲理，是朱柏盧巧妙地將「未雨綢繆」和「臨渴掘井」兩句成語組合，而賦予更深刻的意義。

「未雨綢繆」，語出《詩經．豳風．鴟鴞》。〈鴟鴞〉是一首寓言詩，〈毛詩．序〉說：「〈鴟鴞〉，周公救亂也。成王未知周公之志，公乃為詩以遺王，名之曰〈鴟鴞〉焉。」周武王（姬發，前 1076- 前 1043）死，成王（姬誦，約前 1056- 前 1025）年幼繼位，他的叔父周公（姬旦，？－前 1105）輔政，作此詩勸戒成王，其中說：「迨天之未陰雨，徹彼桑土，綢繆牖戶。」意思是：趁著天晴沒下雨，趕快剝點桑根皮，把那門窗修補好。綢繆，纏縛，引申為修補。後人以「未雨綢繆」，比喻事先準備，防患於未然。

「臨渴掘井」，語出《黃帝．內經．素問》：「夫病已成而後藥之，亂已成而後治之，譬擾渴而穿井，鬥而鑄錐，不亦晚乎？」意思是：疾病已形成才用藥，動亂出現了才治理，就好比口渴時才掘井，打鬥時才鑄錐，不是遲了嗎？後人以「臨渴掘井」，比喻事到臨頭才想辦法。

朱柏盧在兩句成語之前，分別加了一個「宜」字和一個「毋」字，這不單止突顯兩句成語的內涵，並使兩句成語產生了強烈的對比，鼓勵我們堅毅明志，在做事之前要有預見，有準備，防患於未然，如果事到臨頭才想辦法，就為時晚矣。

富哲理的說話，既可針對一時，不受時空所限。「宜未雨而綢繆，毋臨渴而掘井」，可用於讀書，學生受之而立定志向，勤奮向學；可用於做事，百工受之而早訂計劃，按部執行；更可用於政治，決策者受之而深謀遠慮，為生民謀幸福，為萬世開太平。

平生不敢輕言語，一叫千門萬戶開

「唐伯虎點秋香」的故事，由明末馮夢龍（1574–1646）《警世通言・第二十六卷・唐解元一笑姻緣》開始，輾轉在戲劇、彈詞、唱本以至電影中傳播，因而家傳戶曉，然而流傳的故事卻是虛構的。唐伯虎（1470–1523），名寅，伯虎是他的字，明代吳縣（今屬江蘇省）人。他天資聰穎，才華橫溢，年少時已而有才名，十六歲即考中蘇州府秀才試第一名，廿九歲時又中鄉試第一（解元）。入京參加會試，因牽涉科場舞弊案被捕入獄，事後黜謫為吏，從此無心仕進，放浪江湖，以賣畫為生，山水、人物、花鳥他都擅長，工筆、寫意俱佳，兼善書法，亦能詩文。

唐寅的詩歌口語化特徵比較明顯，字裏行間流露出的真實和真情，衝出語言格律的藩籬，足以打動人心。像他的一首題畫詩〈畫雞〉：

> 頭上紅冠不用裁，滿身雪白走將來。平生不敢輕言語，一叫千門萬戶開。

畫中的雞自然是靜態的，但題的這首詩，呈現的卻是生動的生活場景：遠遠的有一隻雄糾糾的大公雞正昂首闊步地走過來。頭頂着大紅雞冠，全身的羽毛潔白光亮，顯得格外神氣。牠輕易不肯開口，因為只要牠引吭啼叫，便要驚動千家萬戶了。

詩的前兩句「頭上紅冠不用裁，滿身雪白走將來」寫雄雞的外表形象。牠有鮮紅的雞冠，雪白的羽毛，「紅」與「白」的色彩照應，簡單而明亮，給人以精神飽滿，氣宇軒昂的感覺。「走將來」三字，將牠昂首闊步的形態生動地摹寫出來。

作者在後兩句「平生不敢輕言語，一叫千門萬戶開」寫雄雞的內在品質。前句以欲顯先藏的手法傳寫牠的聲音，後句則點出牠真正不平凡之處。雄雞只在早晨特定的時間報曉，其他時間不會胡亂啼叫，所以牠「平生不敢輕言語」；牠一啼叫，便是東方吐白，新的一天來臨；千萬人家給喚醒了，開始這一天的生活。梁元帝蕭繹(508–555)《金樓子》記:「東南有桃都山，山有大桃樹，上有天鷄，日初出照此桃，天鷄即鳴，天下之鷄感之而鳴。」這當然是志怪的神話，卻產生後來「雄雞一鳴天下白」的俗諺了。

《韓詩外傳》載雞有五德:「頭戴冠者，文也；足搏距者，武也；敵在前敢鬥者，勇也；見食相呼者，仁也；守夜不失時者，信也。」自古以來，雞具有文、武、勇、仁、信之德外，還代表「除舊佈新」、「送走黑暗、迎接黎明」的吉祥象徵。雞鳴則光明至，以光明勝黑暗，以正義勝邪惡，民間每以雞來做為辟邪之物。古人更有「風雨如晦，雞鳴不已」之說，以比喻君子之不畏邪惡。那麼，唐寅詩中、畫中的雄雞，無疑就是他的自況。

唐寅詩歌中，有相當多淺白而意義深長的名句，如「別人笑我太瘋癲，我笑他人看不穿」(〈桃花庵歌〉)、「難將心事和人說，說與青天明月知」(〈美人對月〉)、「閒來寫就青山賣，不使人間造孽錢」(〈言志〉)、「柴米油鹽醬醋茶，般般都在別人家」(〈開門七件事〉)等，都值得仔細玩味，對人生也有一定的啟發作用。

落紅不是無情物，化作春泥更護花

在清代的詩人中，我特別喜歡龔自珍（1792-1841）。他是浙江仁和（今杭州市）人，自幼受到外祖父段玉裁（1735-1815）的教導，奠定厚實的樸學基礎。嘉慶二十三年（1818），應浙江鄉試，中式第四舉人。次年應會試落選。道光元年（1821），開始入仕，為內閣中書。其間獲《公羊》學大師劉逢祿（1776-1829）指導，學問益進。道光九年（1829），參加第六次會試，始中進士，時年三十八歲。龔氏在京二十年間，先後任內閣中書、禮部主客司主事等，困厄下僚。道光十九年（1839），四十八歲時，憤然棄官南歸。五十歲時迫於生計，出任丹陽雲陽書院及杭州紫陽書院講席；這年秋天，他寫信給駐防上海的江蘇巡撫梁章鉅（1775-1849），要求參加對抗英國侵略的行動，可惜在數日後，暴死丹陽。

龔自珍面對嘉慶、道光年間社會危機日益深重，遂棄絕考據訓詁之學，講求經世之務，志存改革。其思想為後來康有為（1858-1927）等人倡公羊之學以變法圖強開了先聲。他的詩，以其先進思想為詩壇別開生面，想象豐富，語言瑰麗，既有變化多端、譎怪詭異的色彩，也有真率自然，清新淡宕的風致；既有浩蕩磅礴、力挾風雷的氣勢，也有哀感頑艷、蕩氣回腸的情韻。

「**落紅不是無情物，化作春泥更護花**」是龔自珍《己亥雜詩》第五首的最後兩句。《己亥雜詩》作於道光十九年（1839）。

這年的四月，他自北京辭官南歸，九月，又自杭州北上接取家屬，於往返的途中，寫成了三百一十五首短詩。其中第五首云：「浩蕩離愁白日斜，吟鞭東指即天涯。落紅不是無情物，化作春泥更護花。」

詩寫詩人辭官出都的情懷。詩人出任京官二十年，力主改革，抨擊時政，因才高性傲，難免忤其長官、觸怒群公。在現實的冷遇和頑固派的排擠下，最終憤然辭官。道光十九年（1839）四月二十三日的傍晚，詩人不攜眷屬隨從，獨雇兩車，一車自載，一車載文集百卷。在離京的路途上，詩人回想仕途蹭蹬，歲月蹉跎，那種失落和孤獨感，自然湧上心頭。感念到從此遠別朝廷及京中同年、摯友，可能再會無期，詩人產生的，不是一般的離愁別緒，而是不能自已的「浩蕩離愁」。加上西斜的「白日」，給蒼茫的大地籠上一層淒清的色調，令人更覺孤苦難耐。他駕著馬車趕路，他揮動馬鞭，向東一指，遠遠的廣渠門外，便是天涯海角了。那種天涯路遠的感覺，已非客觀的空間距離，而受主觀的落寞影響。作為銳意改革的思想家，情緒可低落於一時，理想和抱負卻始終不變。就在那花事已過，眾芳搖落之際，地上的落花，使詩人興起激情：「落紅不是無情物，化作春泥更護花。」他將陸游（1125–1210）〈卜算子．詠梅〉詞「零落成泥碾作塵，只有香如故」所形容的梅花推上更高的境界。落紅，本指脫離花枝的花，但在詩人眼中，卻不是沒有感情的東西，不是生命的終結，不是餘香的消極，而是「化作春泥」，轉成推動新生命的力量，滋育春花綻放。

這兩句詩，體現詩人對理想的固執，更是和淚立誓：雖然要離開最有可能實現改革理想的京城，但絕不甘於沉淪，願以他種方式，繼續為國家民族，作出不懈的努力。

我們不怕失意困頓，這是人生必有的經歷，怕的是意志消沉。記住龔自珍的兩句詩，也許能幫助我們賦予生命更重要的意義，振奮前路，闖過難關。

詠「月」的名句

香港人生活繁忙，難得在晚上舉頭望月。中秋的晚上卻不同，大家似約定俗成，多忙也湊湊興——賞月。

天上的月，古今如一。不同時代，不同境遇的騷人墨客望月而勾起的情懷，我稍加介紹。

《詩經 · 陳風 · 月出》：「月出皎兮，佼人僚兮。」〈月出〉是一首情歌，詩人凝望月亮的皎潔，而聯想心愛的人儀容之好。

屈原（約前 343- 約前 278）的作品中，喜歡以「日」「月」並寫，如〈涉江〉：「與天地兮同壽，與日月兮同光。」此借「月」以明志。

宋玉（前 298- 前 222）〈九辯〉：「何氾濫之浮雲兮？猋廱蔽此明月。」則以「月」喻己，而嘆月之蔽明，懷才莫顯。

《古詩十九首》：「明月何皎皎，照我羅牀幃。」說閨中女子的孤寂念夫。

曹操（155-220）〈短歌行〉：「明明如月，何時可掇？」以「月」喻人才，而不知何時可以羅致。

曹植（192-232）〈七哀詩〉：「明月照高樓，流光正徘徊。」以思婦望月而悲嘆，寄託兄弟之分離。

陶潛（約 365-427）〈歸園田居〉（其三）：「晨興理荒穢，帶月荷鋤歸。」寫田家生活之勤勞。

張若虛（約 670- 約 730）〈春光花月夜〉：「江畔何人初見月？江月何年初照人？」引發深邃哲理的沉思。

張九齡（678–740）〈望月懷遠〉：「海上生明月，天涯共此時。」寫與愛人相思之苦。

王維（約 701– 約 761）〈山居秋暝〉：「明月松間照，清泉石上流。」描寫山中景，似不用力而能透發禪機。

李白（701–762）〈月下獨酌〉：「舉杯邀明月，對影成三人。」原本孤獨而忽成熱鬧，想像之奇，非「詩仙」而誰？

杜甫（712–770）〈月夜〉：「今夜鄜州月，閨中只獨看。」寫思妻。《月夜憶舍弟》：「露從今夜白，月是故鄉明。」寫憶弟。

同是憶兄弟，白居易（772–846）〈望月有感〉卻道：「共看明月應垂淚，一夜鄉心五處同。」

古人詠「月」的詩句真俯拾即是。或白描，或比喻，或託興，都寫得如此優美動人。至於詠月而不能不提及的，自然是蘇軾（1037–1101）的〈水調歌頭〉：

> 明月幾時有？把酒問青天。不知天上宮闕，今夕是何年。我欲乘風歸去，又恐瓊樓玉宇，高處不勝寒。起舞弄清影，何似在人間！　轉朱閣，低綺戶，照無眠。不應有恨，何事長向別時圓？人有悲歡離合，月有陰晴圓缺，此事古難全。但願人長久，千里共嬋娟。

上下闋各出現一個「月」字，但全詞無處不連繫到「月」。蘇軾將思念弟弟以至個人仕宦得失的心路歷程，都寫到詞中了。難怪胡仔（1110–1170）《苕溪漁隱叢話》讚譽說：「中秋詞，自東坡〈水調歌頭〉一出，餘詞俱廢。」十年前，我在延安度中秋，在楊家嶺住在石窯賓館，十四日迎月之夜，天容澄清，月色皓白，不覺逸興湍飛，大聲吟誦此詞。有詩為證：

百盞紅燈對月儔，輕寒窯洞度中秋。蘇詞與寄平生意，玉宇天涯未許留。

現在回想起來，還如投石江水，心情漣漪蕩漾。

附錄一

粵音正讀：以十二篇指定文言經典為例

高中中國語文課程由 2015-16 學年開始，在中四加入十二篇指定文言經典作為學習材料，並在 2018 年中學文憑試評核。這十二篇指定文言經典在公開試儘管佔分不多，但學生深入欣賞玩味優秀篇章，體會作者的用心，感受其中的文化思想特質，掌握行文作法的精粹，對提升語文能力極有幫助。

「字」作為語文最基本的元素，由字而詞而句而段落結構，所有優秀作品莫不如是而產生。中國文字獨體單音，但一字多音極為普遍，有因意義不同而讀音不同的，有因詞性變異而讀音不同的，有意義和詞性不變但按需要而改變讀音的。現時香港的中學大多以粵語（大部分學生的母語）作為教學語言，而粵語既保留很多古漢語的特色，自然對研習古典作品頗有好處。因此，掌握正確的粵音正讀，無疑非常重要。本文舉列十二篇文言經典若干容易讀錯的字詞，探究其中的正確讀法：

1. 子曰：「富與貴，是人之所欲也；不以其道得之，不處也。貧與賤，是人之所惡也；不以其道得之，不去也。君子去仁，惡乎成名？君子無終食之間違仁，造次必於是，顛沛必於是。」

——（《論語・里仁》）

「惡」字在上文兩出，前者作「憎厭」解，《廣韻》烏故切，音烏去聲（wu3）；後者作疑問詞，解作「哪裏、怎麼」，《廣韻》哀都切，平讀，音烏（wu1）。

「去」，粵讀有上聲和去聲兩者。讀上聲時，音「許」（heoi2，《廣韻》羌舉切），作「拋棄」、「擺脫」解；讀去聲時，如讀「離去」的「去」（heoi3，《廣韻》丘據切），作「離開」解。「不以其道得之，不去也」和「君子去仁」的「去」，坊間教科書普遍註為上聲。詹道傳（元人，生卒年不詳）《論語纂箋》云：「去，如字。下同。」詹氏指出兩個「去」字都依本音讀，即「離去」的「去」音。王夫之（1619–1692）《四書箋解》云：「『去』字止如字讀，與下『違』字意同，俗塾師圈破作上聲者不通。若是有意滅絕乎仁，則除是桀、紂，豈但不能成君子之名？言『成名』者，以處富貴者意在得志有為，立功見德，方可成君子之名。不知君子止以存心之仁異於人，若與仁相差不相合，則無其實而何以稱其名哉？『去』如相去幾里之去，未到之謂也。」細味文意，王氏所說甚是。「不去也」的「去」和「君子去仁」的「去」，皆讀去聲。

「造」，急遽、突然，《廣韻》七到切，去聲，音措（cou3）。

> 2. 子游問孝。子曰：「今之孝者，是謂能養。至於犬馬，皆能有養；不敬，何以別乎！」
>
> ——（《論語．為政》）

前一「養」，供養，指對父母的飲食供奉。陸德明（550？–630）《經典釋文》音「羊尚反」，陽去聲，音「讓」（joeng6）。後一「養」，育也，以犬和馬言，後世有「犬馬養人」和「人養犬馬」二種解釋。朱熹（1130–1200）《論語集注》採用後說：「犬馬待人而食，亦若養然，言人畜犬馬，皆能有以養之。」這一

「養」字，《廣韻》餘兩切，音「氧」(joeng5)，以示供養上與尊輩之別。

3. 子曰:「事父母幾諫，見志不從，又敬不違，勞而不怨。」

——(《論語·里仁》)

「幾」，《集韻》居希切，音「機」(gei1)，邢昺 (932–1010)《論語注疏》引包氏 (包咸，前 6-65) 曰:「幾者，微也。當微諫，納善言于父母。」

4. 子曰:「君子義以為質，禮以行之，孫以出之，信以成之。君子哉！」

——(《論語·衛靈公》)

「行」，實行，《集韻》何庚切，音「恆」(hang4)。「孫」，通「遜」，《廣韻》蘇困切，音「信」(seon3)。

5. 一簞食，一豆羹，得之則生，弗得則死。嘑爾而與之，行道之人弗受；蹴爾而與之，乞人不屑也；萬鍾則不辯禮義而受之。萬鍾於我何加焉？為宮室之美、妻妾之奉、所識窮乏者得我與？

——(《孟子·魚我所欲也》)

「簞」，《廣韻》都寒切，音「丹」(daan1)，有蓋圓形竹器。「食」，此指「飯食」，一般字典都音「蝕」(sik9)，但古代經典有傳統的讀法，「食」指食物時，音「嗣」(zi6)，如陸德明 (550？–630)《經典釋文》標注「一簞食」云:「食，音嗣」，孫

奭 (962–1033)《孟子音義》云：「簞食之食，音嗣」，朱熹《四書章句集注 · 孟子集注》：「食，音嗣」等是。「嘑爾」，咄啐之貌，「嘑」，《集韻》荒故切，音「富」(fu3)；「爾」，助詞，《廣韻》兒氏切，音「以」(ji5)。「與」字兩出，「嘑爾而與之」的「與」，解「給與」，《廣韻》余呂切，音「雨」(jyu5)；「所識窮乏者得我與」的「與」，通「歟」，《廣韻》以諸切，音「魚」(jyu4)。「行」，《集韻》何庚切，音「恆」(hang4)。「蹴」，《廣韻》七六切，音「速」(cuk7)。「焉」，語氣詞，《廣韻》有乾切，音「然」(jin4)。「為」，作介詞，為了，《廣韻》王偽切，音「位」(wai6)。

6. 鄉為身死而不受，今為宮室之美為之；鄉為身死而不受，今為妻妾之奉為之；鄉為身死而不受，今為所識窮乏者得我而為之，是亦不可以已乎？此之謂失其本心。」

——(《孟子 · 魚我所欲也》)

「鄉為身死而不受」，從前是 (寧願) 死也不肯接受；「鄉」，借作「曏」，《說文》：「曏，不久也 (不久之前)」，引申為從前，《廣韻》許亮切，音「向」(hoeng3)；「為」，是，《廣韻》薳支切，音「圍」(wai4)。「今為宮室之美為之」，前一「為」字，為了，《廣韻》王偽切，音「位」(wai6)；後一「為」字，做，指接受，《廣韻》薳支切，音「圍」(wai4)。

7. 惠子謂莊子曰：「魏王貽我大瓠之種，我樹之成而實五石。以盛水漿，其堅不能自舉也。剖之以為瓢，則瓠落無所容。非不呺然大也，吾為其無用而掊之。」莊子曰：「夫子固拙於用大矣！

——(《莊子．逍遙遊》)

「大瓠之種」的「瓠」,《廣韻》戶吳切,音「胡」(wu4),瓜名;朱駿聲(1788-1858)《說文通訓定聲》:「俗謂之壺盧,瓠即『壺盧』之合音。」今作葫蘆。「盛」,《唐韻》氏征切,音「成」(sing4),盛載的意思。「瓠落」,大貌,《經典釋文》引簡文帝(司馬昱,320-372)云:「瓠落,猶『廓落』也。」或作平淺貌,《經典釋文》引司馬彪(240-306)注:「瓠,布護也。落,零落也。言其形平而淺,受水則零落而不容也。」成玄英(唐人,生卒年不詳)疏:「瓠落,平淺也。……平淺不容多物。」「瓠落」之「瓠」,《集韻》黃郭切,音「穫」(wok9)。「呺」,通「枵」,虛也,《廣韻》許嬌切,音「囂」(hiu1),《說文解字注》:「枵,木大皃。莊子所云呺然大也。木大則多空穴。」「為」,因也,《廣韻》王偽切,音「位」(wai6)。「掊」,《廣韻》方垢切,音缶(fau2),《集韻》:普后切,音「剖」(pau2),兩音均可;《經典釋文》引司馬彪注:「掊,擊破也。」

8. 君子曰:學不可以已。青,取之於藍,而青於藍;冰,水為之,而寒於水。木直中繩,輮以為輪,其曲中規;雖有槁暴、不復挺者,輮使之然也。故木受繩則直,金就礪則利,君子博學而日參省乎己,則知明而行無過矣。

——(《荀子．勸學》)

「中」,《廣韻》陟仲切,音「眾」(zung3),作動詞,合於的意思。「輮」,通「揉」,使直木彎曲,《廣韻》人九切,音「有」(jau5);又《集韻》而由切,音「油」(jau4)。「暴」,《廣韻》蒲木切,音「僕」(buk9),楊倞(生卒年不詳)《荀子註》:「暴,乾。」「參」，音義同「三」(saam1)，表示多的意思，「參省」的「參」，傳統讀去聲(saam3)。「則知明而行無過矣」，「知」，音「智」(zi3)，「行」，音「幸」(hang6)，楊倞《荀子註》：「知，讀為智；行，下孟反。」

9. 趙惠文王時，得楚和氏璧。秦昭王聞之，使人遺趙王書，願以十五城請易璧。趙王與大將軍廉頗諸大臣謀：欲予秦，秦城恐不可得，徒見欺；欲勿予，即患秦兵之來。計未定，求人可使報秦者，未得。

——(司馬遷《廉頗藺相如列傳》)

「使人遺趙王書」，派人給趙王送來一封信，「使」，使派，《洪武正韻》師止切，音「史」(si2)。「遺」，送給，《孟子・滕文公下》「湯使遺之牛羊」，《四書章句集注・孟子集注》：「遺，唯季反」，音「位」(wai6)。「易」，交換，《廣韻》以益切，音「亦」(jik9)。「廉頗」，趙國名將，「頗」，《廣韻》滂禾切，音「坡」(po1)。「予」，《洪武正韻》弋渚切，音「雨」(jyu5)。「求人可使報秦者」，徵求可以為使臣去答覆秦國的，「使」，使臣，《洪武正韻》式至切，音「試」(si3)。「傳」，《廣韻》直戀切，引《釋名》曰：「傳，傳也，以傳示後人也。」「戀」，《集韻》龍眷切，讀陽去聲(現在粵讀陰上聲)，「直戀切」，音「專」的陽去聲(zyun6)。

10. 宦者令繆賢曰：「臣舍人藺相如可使。」王問：「何以知之？」對曰：「臣嘗有罪，竊計欲亡走燕……相如謂臣曰：『夫趙彊而燕弱，而君幸於趙王，故燕王欲結於君。今君乃亡趙走燕，燕畏趙，其勢必不敢留君，而束君歸趙矣。

君不如肉袒伏斧質請罪，則幸得脫矣。』臣從其計，大王亦幸赦臣。臣竊以為其人勇士，有智謀，宜可使。」

——（司馬遷《廉頗藺相如列傳》）

「繆賢」之「繆」，姓氏，《集韻》眉救切，音「謬」(mau6)，後世多讀作「妙」(miu6)，《正字通》：「今姓繆讀若妙，變音，非本音也。」「燕」，國名，《集韻》因蓮切，音「煙」(jin1)。「斧質」，古代一種腰斬的刑具，「質」，通作「鑕」，《廣韻》之日切，音騭 (zat7)。

11. 秦王坐章台見相如，相如奉璧奏秦王。秦王大喜，傳以示美人及左右……相如因持壁，卻立，倚柱，怒髮上衝冠。

——（司馬遷《廉頗藺相如列傳》）

「傳」，轉也，由一方交給另一方，《集韻》重緣切，音「全」(cyun4)。「怒髮上衝冠」，句意稍異，「上」的讀音也變；當句解作「憤怒令頭髮豎起，頂著帽子」時，「上」，作動詞，《廣韻》時掌切，音「相」陽上聲 (soeng5)；當句解為「憤怒令頭髮向上頂著帽子」時，「上」，作副詞，《廣韻》時亮切，讀陽去聲，音尚 (soeng6)；兩者皆可通。

12. 相如度秦王特以詐佯為予趙城，實不可得，乃謂秦王曰：「和氏璧，天下所共傳寶也。趙王恐，不敢不獻。趙王送璧時，齋戒五日，今大王亦宜齋戒五日，設九賓於廷，臣乃敢上璧。」秦王度之，終不可彊奪，遂許齋五日，舍相如廣成傳。相如度秦王雖齋，決負約不償城，乃使其從者衣褐，懷其璧，從徑道亡，歸璧於趙。

——（司馬遷《廉頗藺相如列傳》）

「度」，忖測，《廣韻》徒落切，音「鐸」(dok9)。「佯為」，假裝成，「為」，《廣韻》薳支切，音「圍」(wai4)。「上」，奉上，《廣韻》時掌切，音「相」陽去聲 (soeng5)。「廣成傳」，《史記索隱》:「廣成是傳舍之名。傳，音張戀反。」「傳」，此指設於驛站的房舍，音「鑽」(zyun3)。「從」，《廣韻》隨行也，疾用切，音仲 (zung6)，又才容切，音松 (cung4)。「衣」，此作動詞，穿也，《唐韻》於既切，讀去聲，音「意」(ji3)。

13. 秦王與羣臣相視而嘻。左右或欲引相如去，秦王因曰:「今殺相如，終不能得璧也，而絕秦趙之驩，不如因而厚遇之，使歸趙，趙王豈以一璧之故欺秦邪！」

——（司馬遷《廉頗藺相如列傳》）

「左右或欲引相如去」，左右有人想拉相如去 (治罪)，「去」，離也，《廣韻》丘據切，讀「離去」的「去」(heoi3)。「邪」，疑問詞，《經》《傳》俱作「邪」，俗作「耶」，音爺 (je4)。

14. 於是舍人相與諫曰:「臣所以去親戚而事君者，徒慕君之高義也。今君與廉頗同列，廉君宣惡言而君畏匿之，恐懼殊甚，且庸人尚羞之，況於將相乎！臣等不肖，請辭去。」

——（司馬遷《廉頗藺相如列傳》）

「相」，上文兩出，前者作副詞，共同，《廣韻》息良切，音「商」(soeng1)；後者作名詞，宰輔，《廣韻》息亮切，音「丞相」的

「相」(soeng3)。「去」，上文亦兩現，皆音「離去」的「去」，指離開；或說「去親戚」的「去」讀成「許」(heoi2，《廣韻》羌舉切)，指「拋棄」，情理不合，假若拋棄親戚而就官，實是不仁不義的人，藺相如怎可能接受！

> 15. 不宜妄自菲薄，引喻失義，以塞忠諫之路也。宮中、府中，俱為一體；陟罰臧否，不宜異同。
>
> ——(諸葛亮《出師表》)

「菲」，薄也，《廣韻》敷尾切，音「匪」(fei2)。「陟罰臧否」，四字皆作動詞，意即升賞、懲罰、揚善、除惡；「陟」，用腳登山之意，《說文》:「陟，登也。」引申為晉升，獎賞，《廣韻》竹力切，音「即」(zik7)；「罰」，懲罰，《廣韻》房越切，音「佛」(fat9)；「臧」，善也，此指褒揚好的，《廣韻》則郎切，音「裝」(zong1)；「否」，惡也，此指批評壞的，《集韻》補美切，音「鄙」(pei2)。

> 16. 侍中、侍郎郭攸之、費禕、董允等，此皆良實，志慮忠純，是以先帝簡拔以遺陛下。
>
> ——(諸葛亮《出師表》)

「費禕」(？-253)，《三國志・蜀志・卷十四・費禕傳》:「費禕，字文偉，江夏鄳人……先主立太子，禕與允俱為舍人，遷庶子。後主踐位，為黃門侍郎……遷為侍中。」「費」，教科書多註為「秘」(bei3)音。《廣韻》:通作「鄪」，「兵媚切，邑名，在魯。」魯，為西周周公姬旦(？-前1105)(生卒年不詳)的封國。《春秋左傳・隱公元年》載:「夏四月，費伯帥師城郎。」

費伯，即魯懿公（？－前 807）的孫斿父（生卒年不詳），陸德明《經典釋文》:「費，音秘。」於此，可知由姬姓派生的費氏，讀作「秘」。《廣韻》另有兩註音，一為「芳味切，耗也，惠也。」「芳味切」，音「廢」（fai3）；一為「扶涕切，姓也，夏禹之後，出江夏，後漢汝南費長房，孫盛（302–372）《蜀譜》云：『益州諸費有名位者多。』」「扶涕切」，音「吠」（fai6）。據司馬遷《史記・卷二・夏本紀》:「禹為姒姓，其後分封，用國為姓，故有夏后氏、有扈氏……費氏。」可知由姒姓派生的費氏與姬姓派生的讀音不同，費禕為江夏人，「費」，應讀陽去聲「吠」。由於現今粵讀「費」已無陽去聲，都轉讀陰去聲「廢」。「禕」，美也，李善（630–689）《文選註》:「於宜反。」音「衣」（ji1）。因此，「費禕」讀作「廢衣」（fai3 ji1）較之誤為姬姓後讀作「秘衣」（bei3 ji1）應更合理。

17. 愚以為宮中之事，事無大小，悉以咨之，然後施行，必能裨補闕漏，有所廣益。將軍向寵，性行淑均，曉暢軍事，試用於昔日，先帝稱之曰「能」，是以眾議舉寵為督。愚以為營中之事，悉以咨之，必能使行陣和睦，優劣得所。

——（諸葛亮《出師表》）

「裨」，助益，《廣韻》府移切，音卑（bei1）。「性行淑均」，性格和品行善良公正；「行」，德行、品行，音「幸」（hang6）。「行陣」，行列陣形，借代為軍隊；「行」，《廣韻》胡郎切，音「航」（hong4）。

18. 親賢臣，遠小人，此先漢所以興隆也；親小人，遠賢臣，此後漢所以傾頹也。先帝在時，每與臣論此事，未嘗不歎息痛恨於桓、靈也！侍中、尚書、長史、參軍，此悉貞良死節之臣，願陛下親之、信之，則漢室之隆，可計日而待也。

——（諸葛亮《出師表》）

「遠」，離也，不接近，不親近的意思，《廣韻》于願切，音「願」(jyun6)。「長史」，後漢太尉、司徒、司空、將軍府均設長史一職，以為輔佐，此指張裔；「長」，《洪武正韻》展兩切，音「掌」(zoeng2)。「參軍」，漢末至南北朝丞相及諸王府掌管軍務的幕僚，此指蔣琬；「參」，《廣韻》倉含切，音攙(caam1)。

19. 臣本布衣，躬耕於南陽，苟全性命於亂世，不求聞達於諸侯。先帝不以臣卑鄙，猥自枉屈，三顧臣於草廬之中，諮臣以當世之事；由是感激，遂許先帝以驅馳。後值傾覆，受任於敗軍之際，奉命於危難之間，爾來二十有一年矣……今南方已定，兵甲已足，當獎率三軍，北定中原，庶竭駑鈍，攘除姦凶，興復漢室，還於舊都。此臣所以報先帝而忠陛下之職分也。

——（諸葛亮《出師表》）

「聞達」，揚名顯達；「聞」，《廣韻》亡運切，音「問」(man6)。「猥」，本義為犬吠聲，這裏作謙辭，辱也，《廣韻》烏賄切，音「回」陰上聲(wui2)，現代辭書多讀作「委」(wai2)。「難」，患也，災禍，《廣韻》奴案切，讀作「難民」的「難」(naan6)。「有」，與「又」通，《集韻》尤救切，音「佑」(jau6)。「攘」，除也，《廣韻》汝陽切，音「羊」(joeng4)。「分」，本分，《廣韻》扶問切，音份(fan6)。

20. 陛下亦宜自謀，以諮諏善道，察納雅言，深追先帝遺詔。臣不勝受恩感激。今當遠離，臨表涕零，不知所言！

「諏」，謀也，《廣韻》子侯切，音周（zau1）。「勝」，盡也，《廣韻》識蒸切，音「升」（sing1）。

21. 人非生而知之者，孰能無惑？惑而不從師，其為惑也終不解矣。

——（韓愈《師說》）

「為」，作助詞，無義，有強調作用，如：《禮記．中庸》：「子曰：『鬼神之為德，其盛矣乎！』」《廣韻》薳支切，音「圍」（wai4）。

22. 愛其子，擇師而教之，於其身也則恥師焉，惑矣！彼童子之師，授之書而習其句讀者，非吾所謂傳其道、解其惑者也。句讀之不知，惑之不解，或師焉，或不焉，小學而大遺，吾未見其明也。

——（韓愈《師說》）

「焉」，語氣詞，《廣韻》有乾切，音「然」（jin4）。「句讀」，《增修互註禮部韻略》：「句讀，凡經書成文語絕處，謂之句；語未絕而點分之以便誦詠，謂之讀。」「句」，《廣韻》九遇切，音「據」（geoi3）；「讀」，《集韻》大透切，音「豆」（dau6）。「或不焉」的「不」，《廣韻》方九切，音義同「否」（fau2）。

23. 自余為僇人，居是州，恒惴慄。其隙也，則施施而行，漫漫而遊。

——（柳宗元《始得西山宴遊記》）

「僇」，《廣韻》力竹切，音「六」（luk9）；《說文》：「僇，癡行僇僇也」，「僇僇」，遲緩的樣子，這裏因同音而借用「戮」字；《說文》：「戮，殺也。」《廣雅》：「戮，辠也。」「辠」，古「罪」字。「惴慄」，恐懼、戰慄；「惴」，《廣韻》之睡切，音「最」（zeoi3）；「慄」，《廣韻》力質切，音「栗」（leot9）。「施施」，徐行貌，《詩經・國風・王風・丘中有麻》：「將其來施施。」鄭玄（127–200）箋：「施施，舒行，伺間獨來之貌。」《經典釋文》：「施，如字。」沈建民《〈經典釋文〉音切研究》云：「所謂『如字』音，就是按此字原來的音或常用的音來讀。」「施」字原來的音或常用的音，《廣韻》式支切，音「詩」（si1），所以「施施」，應讀作「詩詩」；現今粵語仍有「施施然」一語，「施施」都讀作「詩詩」；坊間頗多教科書將「施施」注音「怡怡」（ji4 ji4），不可取，《漢語大辭典》引《集韻》余支切，音 yí（粵音「怡」）時，解作「邪」、「西斜」、「斜行」等，柳宗元「施施而行」跟邪、斜義無關。

24. 到則披草而坐，傾壺而醉。醉則更相枕以臥，臥而夢。意有所極，夢亦同趣。覺而起，起而歸。以為凡是州之山有異態者，皆我有也，而未始知西山之怪特。

——（柳宗元《始得西山宴遊記》）

「更相枕」，互相以為枕也；「更相」，互相，相繼；「更」，《廣韻》古行切，音「庚」（gang1）；「相」，《廣韻》息良切，音「商」（soeng1）；「枕」，作動詞，以頭枕物，《廣韻》之任切，音「浸」（zam3）。「趣」，《說文》：「疾也。」「趨」，《說文》：「走也。」「趣」，這裏通「趨」，向也，往也，《廣韻》七俱切，音

「吹」(ceoi1)。「覺」，作動詞，睡醒，《廣韻》古岳切，音「各」(gok8)。

25. 遂命僕過湘江，緣染溪，斫榛莽。焚茅茷，窮山之高而止。攀援而登，箕踞而遨，則凡數州之土壤，皆在衽席之下。其高下之勢，岈然洼然，若垤若穴，尺寸千里，攢蹙累積，莫得遯隱。

——（柳宗元《始得西山宴遊記》）

「斫」，擊也，《廣韻》之若切，音「爵」(zoek8)。「遨」，游也，《廣韻》五勞切，音「熬」(ngou4)。「岈」，同「谺」，深谷大空貌，《廣韻》許加切，音「蝦」(haa1)。「攢」，簇聚也，《古今通韻》徂丸切，音「全」(cyun4)。「累」，堆疊，《集韻》魯水切，音「呂」(leoi5)。

26. 縈青繚白，外與天際，四望如一。然後知是山之特出，不與培塿為類。

「繚」，《說文》：纏也；《廣韻》有三處切音：一入「蕭部」，落蕭切，音「聊」(liu4)；一入「篠部」，盧鳥切，音「了」(liu5)；一入「小部」，力小切，也音「了」(liu5)。這裏讀陽平聲「聊」，或陽上聲「了」均可；但舊詩詞受平仄格律限制，如孟郊(751-814)《古離別》：「松山雲繚繞，萍路水分離」，「繚」須讀作「了」；蘇軾(1037-1101)《華清引．感舊》：「至今清夜月，依舊過繚牆」，「繚」須讀作「聊」。「培塿」，聯綿疊韻詞，小丘也；「培」，《廣韻》蒲口切，音瓿(bau5)；「塿」，《廣韻》郎斗切，音「柳」(lau5)。

27. 心凝形釋，與萬化冥合。然後知吾嚮之未始遊，遊於是乎始，故為之文以志。是歲元和四年也。

——（柳宗元《始得西山宴遊記》）

「冥」，暗也，《廣韻》莫經切，音「明」(ming4)。「嚮」，借作「曏」，《說文》:「曏，不久也（不久之前）」，引申為從前，《廣韻》許亮切，音「向」(hoeng3)。

28. 慶曆四年春，滕子京謫守巴陵郡。越明年，政通人和，百廢具興。乃重修岳陽樓，增其舊制，刻唐賢、今人詩賦於其上；屬予作文以記之。

——（范仲淹:《岳陽樓記》）

「守」，有上聲和去聲兩音，上聲時音「手」(sau2，《廣韻》書九切)，如守法、駐守；去聲時音「秀」(sau3，《廣韻》舒救切)，如太守、巡守；「滕子京謫守巴陵郡」，滕子京(991-1047)貶官（謫）到巴陵郡出任為太守，「守」，這裏作動詞用，音「秀」(sau3)。「具」，通作「俱」，一般教科書注音「俱」(keoi1)；據《廣韻》：具，其遇切（音「懼」〔geoi6〕），備也；俱，舉朱切（音拘〔keoi1〕），皆也，具也；范仲淹既用「具」而不用「俱」字，讀音似可讀如字，毋須轉讀為「俱」。「屬」，這裏作「囑咐」、「囑托」解，《廣韻》之欲切，音「足」(zuk7)。

29. 予觀夫巴陵勝狀，在洞庭一湖。銜遠山，吞長江，浩浩湯湯，橫無際涯；朝暉夕陰，氣象萬千。此則岳陽樓之大觀也，前人之述備矣。

「觀」字兩見，前者作動詞，觀覽，《洪武正韻》沽歡切，音「官」(gun1)；後者作名詞，景象，《洪武正韻》古玩切，音陰去聲「貫」(gun3)，又可讀陰平聲「官」(gun1)，平去兩讀均可，現代多讀陰平聲，「宮觀」、「道觀」的「觀」始讀陰去聲。「湯湯」，大水貌；《詩經・衛風・氓》：「淇水湯湯，漸車帷裳。」《毛傳》：「湯湯，水盛貌。」「湯」，《廣韻》式羊切，音商(soeng1)。

30. 若夫霪雨霏霏，連月不開；陰風怒號，濁浪排空；日星隱耀，山岳潛形；商旅不行，檣傾楫摧；薄暮冥冥，虎嘯猿啼。登斯樓也，則有去國懷鄉，憂讒畏譏，滿目蕭然，感極而悲者矣。

「號」，呼嘯也，《古今通韻》何勞切，音「豪」(hou4)。楫，船槳，《廣韻》即葉切，音「接」(zip8)。「冥冥」，昏暗的樣子，「冥」，《廣韻》莫經切，音「明」(ming4)。「去」，離開，《廣韻》丘倨切，去聲，讀作「離去」的「去」(heoi3)。

31. 至若春和景明，波瀾不驚，上下天光，一碧萬頃；沙鷗翔集，錦鱗游泳，岸芷汀蘭，郁郁青青。

「頃」，量詞，計算面積的單位，百畝為頃，《廣韻》去穎切，音「頃刻」的「頃」(king2)(案：「穎」，古韻書均作上聲；依「陽上作去」的演變規律，當代粵音則讀去聲)。「汀」，水邊平灘或水中小沙洲，《廣韻》他丁切，音「聽」平聲(ting1)。「青青」，同「菁菁」，花葉茂盛貌，《廣韻》子盈切，音「精」(zing1)。

32. 嗟夫！予嘗求古仁人之心，或異二者之為。何哉？不以物喜，不以己悲。居廟堂之高，則憂其民；處江湖之遠，則憂其君。是進亦憂，退亦憂，然則何時而樂耶？其必曰：「先天下之憂而憂，後天下之樂而樂」歟！噫！微斯人，吾誰與歸！

「夫」，助詞，表感嘆，《廣韻》防無切，音「扶」(fu4)。「為」，此指心理活動，《廣韻》薳支切，音「圍」(wai4)。「處」，居也，《廣韻》昌與切，音「貯」陰上聲(cyu2)。「歟」，語氣詞，表感嘆，《廣韻》以諸切，音「魚」(jyu4)。「與」，介詞，表示動作行為有關的對象，相當於「跟」、「同」，《廣韻》余呂切，音「雨」(jyu5)。

33. 六國破滅，非兵不利，戰不善，弊在賂秦。賂秦而力虧，破滅之道也。 或曰：「六國互喪，率賂秦耶？」曰：「不賂者以賂者喪。」蓋失強援，不能獨完，故曰「弊在賂秦」也。

——（蘇洵《六國論》）

「賂」，以財物送給人，《廣韻》洛故切，音路(lou6)。「喪」，亡也，《廣韻》蘇浪切，音「桑」去聲(song3)。「援」，幫助、救助，《廣韻》雨元切，音「袁」，(jyun4)，又音「桓」(wun4)（案：「援」字中古音喻紐三等，「喻三歸匣」，聲母遂出現[j-]、[w-]兩讀，「援」讀「袁」或「桓」，都跟雨元切相應）。

34. 思厥先祖父，暴霜露，斬荊棘，以有尺寸之地。子孫視之不甚惜，舉以予人，如棄草芥。今日割五城，明日割十城，然後得一夕安寢；起視四境，而秦兵又至矣。然則諸侯之地有限，暴秦之欲無厭，奉之彌繁，侵之愈急，故不戰而強弱勝負已判矣。

——（蘇洵《六國論》）

「厥」，作代詞，其、他的，《廣韻》居月切，音「決」(kyut8)。「暴」兩見，「暴霜露」的「暴」，暴露，《廣韻》蒲木切，音僕 (buk9)；「暴秦」的「暴」，強暴凶惡，《廣韻》薄報切，音「部」(bou6)。「予」，音義同「與」，給與，《廣韻》余呂切，音雨 (jyu5)。「厭」，同「饜」，滿足，《廣韻》於豔切，音「淹」陰去聲 (jim3)。

35. 齊人未嘗賂秦，終繼五國遷滅，何哉？與嬴而不助五國也。五國既喪，齊亦不免矣。燕趙之君，始有遠略，能守其土，義不賂秦。

——（蘇洵《六國論》）

「與」，助也，《戰國策》：「楚攻魏，張儀謂秦王曰：『不如與魏以勁之。』」高誘（東漢末人，生卒年不詳）《註》：「與，猶助也。」《廣韻》余呂切，音雨 (jyu5)。「燕」，國名，《集韻》因蓮切，音「煙」(jin1)。

36. 洎牧以讒誅，邯鄲為郡，惜其用武而不終也。且燕趙處秦革滅殆盡之際，可謂智力孤危，戰敗而亡，誠不得已。向使三國各愛其地，齊人勿附於秦，刺客不行，良將猶在，則勝負之數，存亡之理，當與秦相較，或未易量。

——（蘇洵《六國論》）

「洎」，及也，《廣韻》九利切，音「記」(gei3)。「邯鄲」，趙國國都；「邯」，《洪武正韻》河干切，音寒（hon4）；「鄲」，《洪武正韻》都艱切，音單（daan1）。「處」，居也，《廣韻》昌與切，音「貯」陰上聲（cyu2）。「刺客」，刺殺者，此指荊軻，「刺」，《廣韻》七賜切，音「賜」（ci3），又七亦切，音「赤」（cik8）。「將」，將領，《廣韻》子亮切，音「漲」（zoeng3）。「量」，量度，引申為計算、判斷，《廣韻》呂張切，音「良」（loeng4）。

37. 悲夫！有如此之勢，而為秦人積威之所劫，日削月割，以趨於亡！為國者無使為積威之所劫哉！

「夫」，助詞，表感嘆，《廣韻》防無切，音「扶」（fu4）。「為」字三處出現，第一和第三「為秦人積威」和「無使為積威」的「為」皆作介詞，「被」的意思，第二「為國者」的「為」作動詞，治理；三處的讀音皆同，《廣韻》薳支切，音「圍」（wai4）。「使」，讓，致使，《洪武正韻》師止切，音「史」（si2）。

38. 竹喧歸浣女，蓮動下漁舟。隨意春芳歇，王孫自可留。

——（王維《山居秋暝》）

「浣」，洗滌，《廣韻》胡管切，音「皖」（wun5）。「歇」，盡，消失，《廣韻》許竭切，音「牽」中入聲（hit8）。「暝」，夜晚，《廣韻》莫定切，音「命」（ming6）。

39. 暫伴月將影，行樂須及春。我歌月徘徊，我舞影零亂。醒時同交歡，醉後各分散。永結無情遊，相期邈雲漢。

——（李白《月下獨酌》其一）

「將」，作連詞，和，《廣韻》即良切，音「張」（zoeng1）。「樂」，喜樂，《廣韻》盧各切，音「落」(lok9)。「邈」，遠也，渺也，《廣韻》莫角切，音「莫」(mok9)；《集韻》謂「邈」通作「藐」，「藐」，弭沼切，音「秒」(miu5)；兩音均可。

40. 花近高樓傷客心，萬方多難此登臨。錦江春色來天地，玉壘浮雲變古今。北極朝廷終不改，西山寇盜莫相侵。可憐後主還祠廟，日暮聊為梁甫吟。

——(杜甫《登樓》)

「難」，患也，災禍，《洪武正韻》乃旦切，讀作「難民」的「難」(naan6)。「為」，做，作，《廣韻》薳支切，音「圍」(wai4)。

41. 亂石穿空，驚濤拍岸，捲起千堆雪。江山如畫，一時多少豪傑！

——(蘇軾《念奴嬌・赤壁懷古》)

「畫」，圖畫，《廣韻》胡挂切，音「話」(waa6)。

42. 羽扇綸巾，談笑間、檣櫓灰飛煙滅。故國神遊，多情應笑我，早生華髮。人間如夢，一尊還酹江月。

——(蘇軾《念奴嬌・赤壁懷古》)

「綸巾」，古代用青色絲帶做的頭巾，「綸」，《廣韻》古頑切，音「關」(gwaan1)。「華」，形容頭髮花白，《廣韻》戶花切，音樺(waa4)。「酹」，以酒澆地，表示祭奠，《廣韻》盧對切，音「類」(leoi6)，又郎外切，音「睞」(loi6)。

43. 乍煖還寒時候，最難將息……滿地黃花堆積，憔悴損，如今有誰堪摘？守著窗兒，獨自怎生得黑！梧桐更兼細雨，到黃昏、點點滴滴。

——（李清照《聲聲慢・秋情》）

「煖」，同「暖」，溫也，《韻補》女遠切，音「聯」陽上聲(nyun5)。「將息」，唐、宋時民間方言，調養，休息的意思，《廣韻》即良切，音「張」(zoeng1)。「悴」，枯萎，《廣韻》秦醉切，音「隧」(seoi6)。「更」，作副詞，更加，愈加，《廣韻》古孟切，音(gang3)。

44. 東風夜放花千樹，更吹落、星如雨。寶馬雕車香滿路。鳳簫聲動，玉壺光轉，一夜魚龍舞。蛾兒雪柳黃金縷，笑語盈盈暗香去。眾裏尋他千百度；驀然迴首，那人卻在、燈火闌珊處。

——（辛棄疾《青玉案・元夕》）

「轉」，有陰上聲(zyun2，《廣韻》陟兗切)和陰去聲(zyun3，《廣韻》知戀切)兩讀：讀陰上聲時，如轉世、轉折、轉變、轉捩點、轉敗為勝等；讀陰去聲時，如轉動、轉盤、轉圈、自轉等；「玉壺光轉」的「轉」讀音如何？兩者均可，如以「玉壺」喻明月，則月光流動，「轉」讀陰上聲；如「玉壺」指花燈，則其光轉動，「轉」讀陰去聲。「縷」，線狀的東西，《廣韻》力主切，音「呂」(leoi5)。「驀」，忽然，《廣韻》莫白切，音麥(mak9/maak9)。「青玉案」的「案」，自北宋曾鞏(1019–1083)開始，即有學者支持將此字讀作「碗」(《廣韻》烏管切，wun2)，所持理由有二：一、「案(桉)」是古「盌」字，即「椀」(碗)；二、「案」過大過重，不能持舉，只有「椀」才能持舉。西漢史游(漢元帝時宦官，生卒年不詳)《急就篇》卷三記載各種不同的器皿：「橢、杅、槃、案、杯、問、盌。」顏師古(581-645)注云：「橢，小桶也，所以盛鹽豉；杅，盛飯之器也，一曰齊人謂盤為杅，無足曰盤，有足曰案，所以陳舉食也。杯，飲器也，一名匴；問，大杯也；盌，似盂而深長，盌字或作椀，其音則同。」案和槃(即盤)都用以擺放食具，便於移動持舉，其區別在於「有足」和「無足」。由此可見，漢代的案，是一種承托食物的有足托盤。《急就篇》既將「案」與「盌」(椀)並列，正說明二者不同。據現代學者考證，「案」的發展至周代後期，由於用途不同，已出現兩種不同的形制，一是較大的几案，用以書寫、閱讀、進食等；另一種就是承載食物的托盤，「舉案齊眉」的案便是後一種。因此，硬將「案」說成「椀」，並要求讀作「碗」，是不合理的。因此，「案」，應作原讀，《廣韻》烏旰切，音「按」(on3 / ngon3)。

(本文曾於《大公報》及《灼見名家》連載)

附錄二

談中學生的中文水準

日前，畏友梁啟業先生送我一份影印本，說讓我比較一下幾十年前與現今香港中學生的中文水準。

那是養中女學校學生林月梅的一本「謄正簿」；簿面有該校的校址（堅道九十三號）及電話（三七七四）；簿內一篇祭文寫有「丙寅之歲」，可推知那是 1926 年的習作。

名為「謄正簿」，自然是教師批改作文以後，命學生抄正的習作簿。內有十七篇文章，大概是一學年的成果。林月梅用毛筆抄寫，沒有標點，筆畫清晰，字體秀麗。教師複看學生謄文時，仍加圈點，部分文章更有眉批、總批以示嘉許。

且看十七篇作文的題目：〈治性當先去怒說〉、〈居處進化論〉、〈五色杜鵑花賦〉、〈靜躁不同說〉、〈連珠 · 鏡、劍〉、〈讀連昌宮詞感言〉、〈齊姜醉遣論〉、〈謝友贈并約飲書〉、〈富辰諫以狄伐鄭論〉、〈連珠 · 賞月〉、〈七十二烈士墓記〉、〈讀十月二十三號華字日報本港學生擬劃一校服有感〉、〈遼亡于金而北宋危，金亡于元而南宋亦危論〉、〈男女平等當從家庭教育始說〉、〈祭林宇瓊文〉、〈不百里而奔喪解〉、〈記勝棋者及賣油翁事〉，兼記敘、描寫、抒情而以論說為多，範圍有涉及道德判斷的，有時事討論的，有歷史評說的，有讀經而後析解的。散文、書信而外，老師還要求學生作賦、作連珠，作祭文。

姑抄錄其中一篇〈遼亡于金而北宋危，金亡于元而南宋亦危論〉如下：

從來處敵國之道有三：一曰守；二曰戰；三曰和。三者互相為用，缺一不可，未有專恃一端而能有濟者也。昔北宋約金夾攻遼，進圖燕雲，而靖康之禍肇；南宋約元夾攻金，欲圖復仇，而馴至亡國。議者遂謂宋昧脣亡齒寒之戒，輕啟邊釁，理有固然。竊謂僅以此咎宋之失，猶未盡也。夫燕雲之淪于遼，自石晉時，遼非取之于宋也。且自澶淵講好百有餘年，中外相安，斯時遼為金逼，宋縱不能救，亦應簡練士卒，嚴加邊防，遙為勢援，使金人不敢輕視中國。何不此之圖，顧欲藉金人之力，假口恢復，僅得數空城，而歲幣加增，得不償失，已屬失算；旋復納叛渝盟，自速其禍。彼以區區之遼，宋以全力猶不能制，況新造之金乎？其覆危也固宜。是舉也，乘人之危不仁，敗我之盟不信，因人之力不武，昧敵之勢不智，四德皆失，何以守國。至南宋之與金，有不共戴天之仇，師出有名矣。夫誠能發憤自強，報怨雪恥，仇苟有釁，時不可失，如子胥之覆楚，雖在匹夫，義猶有取，況萬乘哉？不謂仍襲北宋故智，借人之力而貪其功。迨金滅，藩籬已撤，此時正宜慎守故封，秣馬厲兵，刻若大敵之壓境，竭力守禦，猶難保元之不甘心于我，乃欲乘勝收復三京，坐享漁人之利于強敵，不審時，不度力，以積弱之宋，謀方銳之元，貿貿然輕舉妄動，以致兵連禍結。何況武弛于外，文嬉于內，君荒于上，臣蔽于下，既不能強，又不能弱，種種荒謬，又何怪淮海之間無寧歲哉？故金雖亡于元，而南宋亦因之而危也。嗟乎，北宋之失在不能守，惟其不能守，是以不能戰；南宋之失在不能戰，惟其不能戰，是以不能和，徒謂失輔車之依者，是仍以事後之成敗論也。後之處強敵者，苟不能以守為戰，以戰為和，徒欲恃一端以圖存，幾何不蹈宋之覆轍也，噫！（原文沒有標點，為方便閱讀，筆者加上標點。）

讀罷上文，不知讀者有何感想？以筆者之見，不單當前大部分中學生（不敢說全部，恐有傑才，然未之見）的文筆難望其項背，甚至於大學專攻中文者，亦非數數而得。

林月梅作為普通的中學生，能寫出這樣的文章，不外幾個原因：一、良師的指導扶掖；二、上好的學習材料；三、個人的積累。老師的舊學根柢深厚是明顯的，單從擬題的水準已可想見。從題目觀察，可知老師平日用以講授的中文教材，出入經史百家文選，就是今天我們常說的經典範文了。學生由小學開始，積學儲寶，酌理富才，好像日吸清新的空氣，日飲潔淨的水，日餐營養的食物，十餘年過去，其健康可知。反之，渾濁空氣骯髒水，再加垃圾食物，必然令人健康受損，精神萎靡。

今天的小學課本，內容由出版社依據教育局的課程指引編寫，文字顯淺而質量不高。小學六年，是學生吸收力最強、記憶力最好的階段，教材水準直接影響教學的質素。到了中學，號稱以能力為本，不設範文，讓教師針對學生實際能力施教，善選教材。於是乎，教者各施各法，有議評課堂上「大龍鳳」過後，學生掌握很多知識性的詞彙，卻無補於語文水平的提高。說話能力似有提升，大抵流於「格套」，游談無根，言不及義。閱讀與寫作能力，就更令人憂心。

首屆中學文憑試舉行之後，中文科竟成「死亡之卷」。中文中學聯會發出問卷，九成半老師認為應加入經典範文，加強文言訓練。當局檢討後能順應民意，是可喜的，只可惜著力不夠。據官方公布，將來經典範文的考核，僅佔全卷百分之七點二。筆者力主提高佔分比重，將學習中文回歸傳統。聽、說、讀、寫，倘能紮根於經典教材，其他語文目標如文學、文化、品德情意、思維、自學等都能統於一峰，挈於一領了。當然，要精教經典，善於導引，教師的工作量必然大增。課程設計者，正須盱衡大局，高瞻遠矚，引入經典範文之餘，提供配套，加強教師培訓；司考評者亦應配合，提高考試比重，刪減非必要的考卷——公開考試專考閱讀、寫作及綜合三卷已足，讓教師有時間自我增值，在教然後知困的情況下，溫故知新，才能教學相長。

學習中文，應恪守、尊重傳統的原則，回應現今社會要求，可研究更好的策略、較科學而有系統的教學方法，而絕無投機取巧詭辯速成的捷徑。試圖違離大道的任何趨新所謂研究成果，終究是自欺欺人，不可取！

我從香港大學圖書館系統中找尋「林月梅」的著作，沒有。旁證她並非語文特異之才。這一位八十八年前普通中學生的作文，如能引發更多有心人對改革中文的回響，正是筆者寫下感喟的目的。

（本文刊載於《信報》2014 年 4 月 11 及 18 日）

書　　名　智慧芳蕤——古詩文名句賞析

作　　者　招祥麒

項目策劃　周　晟

責任編輯　徐　平　方浩權

設　　計　楊玉芬

出　　版　聯合電子出版有限公司
香港長沙灣永康街 77 號環薈中心 1011 室
電話 2597 8415
傳真 2529 8388
電郵 info@suep.com

發　　行　香港聯合書刊物流有限公司
香港新界荃灣德士古道 220-248 號荃灣工業中心 16 樓
電話 2150 2100
傳真 2407 3062
電郵 info@suplogistics.com.hk

印　　刷　北京建宏印刷有限公司
中國北京市順義區後沙峪鎮吉祥工業區吉安路 2 號

版　　次　2024 年 7 月繁體中文第 1 版

定　　價　港幣 68 元

國際書號　ISBN 978-988-8793-23-5